带着故乡
去流浪

林东林 著

中国友谊出版公司

图书在版编目（ＣＩＰ）数据

带着故乡去流浪 ／ 林东林著. —— 北京 ：中国友谊
出版公司，2019.12
ISBN 978-7-5057-4859-0

Ⅰ．①带… Ⅱ．①林… Ⅲ．①散文集－中国－当代
Ⅳ．①I267

中国版本图书馆CIP数据核字(2019)第272660号

书名	带着故乡去流浪
作者	林东林
出版	中国友谊出版公司
发行	中国友谊出版公司
经销	新华书店
印刷	北京中科印刷有限公司
规格	787×1092毫米　32开
	8.5印张　124千字
版次	2020年2月第1版
印次	2020年2月第1次印刷
书号	978-7-5057-4859-0
定价	49.80元
地址	北京市朝阳区西坝河南里17号楼
邮编	100028
电话	(010) 64678009

版权所有，翻版必究
如发现印装质量问题，可联系调换

电话　(010) 59799930-601

我有一种奇怪的感觉，感觉奇怪的不是岁月去无痕，而是另外一个我，一个孪生的兄弟依然在那里。在附近地区，没有垂垂老去，却依旧循着那些小得不能再小的生活细节，继续过着在这里短暂度过的那种日子，直到时间的尽头。

——莫迪亚诺《夜的草》

目录

天台归客

　　我竟然还有一个表姑，这是我十几岁时才知道的。虽然说一表三不亲，但是论起关系来却并不算远，她是我祖母妹妹的女儿，是我父亲的亲表姐，尤其是在父母早逝之后，她几乎是由我祖母一手带大的，这种关系当然不能算远。不过，因为我们家里人口众多，表姑后来又远在外地，和我们一直也没什么联系——尤其是我祖母去世之后她再也没回来过一次，所以也就谈不上有多么近。

　　这么多年来，她只回来过一次，那还是二十多年前了。春天，还没进入初夏的样子，她回来了，带着她的先生——一家省级电视台的副台长，还有一大包一大包代表着城市生活的各种日用品——送给乡下穷亲戚的衣服、鞋子、丝巾、手帕、牙膏、牙刷、化妆品等。她穿着时髦的

1

波点裙,烫着波浪头,尽管看上去很年轻,不过也六十多岁了;他则是一副领导的样子,大背头,西装,皮鞋,年岁和她相仿,看上去也很年轻。我的意思是说,与乡下的穷亲戚相比,他们都显得很年轻。

她是在离开家乡四十多年后回来的,从她生活了四十多年的武汉——一个在十几年后我也将要前往那里落脚的地方——回来的。对她而言这是回来,而对他——她的先生——来说则是前往。在我们后辈当时的认知中,他们所在的城市只是课本和地图册上的一个名字。它无比遥远,这种遥远跟距离有关,跟我们还没有走出过家门有关,跟城乡差距有关,也跟表姑和我们生疏的关系有关。

表姑回来了,小住了几天,主要是陪陪她多年未见的姨妈——我的祖母,同时也给从来没出过远门的我们带来了对城市的一些想象。然后他们就又回去了,我们的那些想象也就随之消失。

几年后,表姑把祖母接到武汉小住了一段。对祖母来说,那是她九十多年漫长的人生中唯一一次出过的远门。当时她已经快九十岁了,瘦高个,一双小脚,黑布鞋,青布长衫,脑后挽着一个挽了几十年的发簪。在梅园,在黄鹤楼前，在长江大桥上，祖母或站或坐在中间，两旁是表姑、表姑的先生以及陪同祖母前往的我的三伯父和三伯母。这些画面，都是多年之后我翻阅那些老照片时看到的。从武汉回来之后，没几年祖母就去世了，于是这位表姑和我们的关系也就更加疏远了——事实上她再也没有回来过，这也正应了那句老话，姨娘亲，姨娘亲，姨娘走后断了根。

没有办法预料的是，十几年之后，在辗转了许多个城市之后，我竟然也会落脚到武汉——当然我并不是因为这个表姑而来的，事实上，我压根儿就没有意识到在这儿还有一个表姑。

去年——那是我到武汉四年之后了——回家过春节时，不知道出于什么心理，我才第一次想起来去看望一下这位表姑。于是跟母亲说了，她说早就该去了，你们同在一个城市，也能互相有个照应。过完春节回去时，我想着给表姑带点什么礼物，想了几天也没想到什么合适的。事实上也没什么值得带的，土特产吗？如今，无论哪里的土特产也都称不上土特产了吧！临走的前一天，母亲说，买些垛子羊肉带去吧，也算是能稍微拿得出手的东西了，你那么喜欢吃，你表姑肯定也喜欢！

二

确实，或许只有垛子羊肉还能称得上我们当地的特产。羊肉，用的是豫东小山羊，去杂剔骨，放入大锅中用十几种作料文火卤好，然后再挤压成垛——这也就是它名称的由来。成型之后的羊肉，一块块切了卖，色泽浅红，味道鲜香，质地瓷实。吃的时候就削成薄薄的片儿，冷拼装盘，或者夹在烧饼里吃，肥瘦相间，香而不腻。这种做法，据说起源于明朝，是朱元璋最喜爱的小吃。

而对我们来说，这种羊肉曾经是我们贫寒的乡村生活里难得一尝的美食。在很长一段时间内，不到逢年过节根本吃不到，就是逢年过节，那也是用来招待客人的，我们最多也就是夹几筷子意思一下，根本解不了馋。垛子羊肉的味道非常重，如果用手拿着吃，吃完之后手上的膻味还久久不散，也正因为如此，每次吃完之后我们还会在指缝间不断地嗅来嗅去。事实上，就在我敲出前面这行字的时候，那种羊肉的膻味就从字里行间冒了出来，我可以确定鼻尖下现在正飘着那种味道。

回到武汉之后，约了一个下午去看望表姑。原来——

在武汉的这几年里，我一直都不知道她就住在离我并不远的省电视台宿舍里。表姑和她先生在家里等我，见面，寒暄，喝茶，聊天，中间夹杂着大段沉默。如今，她也是一位八十多岁的老人了——而我的印象仍然停留在她的波点裙和波浪头上；她的先生现在也谢了顶，走起路来颤巍巍的，已经完全不再是当年做领导的那副派头了。

这是一个四居室，客厅四周的墙壁上悬挂着他们退休后读老年大学时的作品。她的粉彩画——竹子、牡丹、梅花，刺绣的菊花，还有她先生的摄影和书法作品，他还抱来厚厚几摞笔记本——里面是他退休后写的各种诗词。接下来，他们说起在老年大学里学习的经历，说起他们已经做了高管的女儿和留学海外的外孙子、外孙女，以及他们在世界各地旅游时的种种见闻——他们并没有特别提到老家的情况，即使是我去世的祖母。有那么一瞬间，我想起了与表姑辈分相同、年龄相仿的我的父辈们，留在乡村与土地打了一辈子交道的他们，与她在相同的时间里展开了完全不同的经历。

晚饭时，表姑简单做了几样小菜，蒜蓉菜心，凉拌洋葱，还有一份清蒸武昌鱼，主食是烙饼。我说我从老家带

5

了垛子羊肉来，正好可以切一盘尝尝。谁也没有想到，这盘垛子羊肉竟然会让表姑表现得如此反常。"真是羊肉味儿，跟以前一样，太好吃了！"她一直重复着说，"小时候，你奶奶给我买过几次，那时候闹饥荒，连饭都吃不上，我出来都六十多年了，还是第一次吃到垛子羊肉！"

接下来的时间——一直到我离开，就像一个置身于几十年前的小女孩，表姑讲起了她早年在河南农村的那些经历：父母早逝后她衣食无着的生活，兄弟姐妹们各自奔走的遭际与经历，姨妈在街上买给她吃的垛子羊肉……还有在那些饥饿的年月里她带着杰儿——我父亲的乳名——去田垄间剜野菜。"那时候你爸爸瘦小瘦小的，很腼腆，走起路来都是溜着墙根儿走。"她站起来，偎着墙壁，模仿起我父亲小时候走路的那种姿势和那副腼腆的表情；接下来，表姑还讲起了上世纪五十年代从护士学校毕业之后的经历；当时她在一个乡村诊所做卫生员，有一天在篮球场上遇到了一个下放到当地的男青年——后来他就成了她的先生，而此刻他正坐在她和我的中间听着她回忆。

沉浸在一个人的回忆和讲述之中，直到凌晨时分，表姑看了看表，才意识到时间已经很晚了。

临走时，她先生送我下楼。这个退休的副台长以一种苍老的声音对我说，唉，你姑姑跟我们——他是指他和他们的女儿——从来都不提这些的，以后经常来玩啊！我答应了一声，一定再来，一定再来！尽管答应了，不过我也知道下次再来不知道是什么时候了，虽然我和表姑住在同一个城市——我就住在距离她不远的地方，但距离越近的人反而越不经常见到，不是吗？

三

这几年来，我一直住在距离表姑家两三公里远的一个老小区。那是一栋小高层，我住在第二十层，已经住了四年了，一个人。那是我租来的一套一居室，阳台上的视野异常开阔，可以远眺表姑家附近的电视塔，也可以将很多地标性的景点尽收眼底——长江大桥、龟山电视塔、晴川阁、黄鹤楼、红楼、蛇山、湖北剧院、辛亥革命纪念馆。我喜欢站在阳台上眺望，事实上，当初在我以租房者的身份站在阳台上看着上述的那些景点时，我当即就下定决心把这套房子租下来。

在这里住了几年之后，准确地说，是在发现了楼顶上有个天台之后，那里就成了我最常出没的地方之一，或许没有之一。白天，天气好的时候，我会跟那些邻居一样，在横七竖八的晾衣绳上晾晒被单和衣物，或者搬把躺椅坐下来晒晒太阳看看书；傍晚时分，我也会经常去那儿散散步，远眺一下江面上来来往往的船只和车水马龙的街道。那里视野开阔，伴随着暮色一点点降落下来，整栋楼里家家户户的菜香也会顺着排烟管如约而至。甚至有几次夜深人静的时候，我还摸去那里欣赏过长江两岸的灯火。那是适合一个人安静待着的地方，事实上在那儿你也几乎碰不到什么人。

不过，天台上最吸引我的——同时也是我待得最多的地方，是另一侧那片不足一百平方米的角落。那儿不知道被谁"开垦"出了一块田地——看上去已经有不少年头了。最外围是一圈低矮的红砖围墙，十几个陶瓷水缸，以及几只废弃的浴缸，那块田地被它们包围在中间。厚达一尺左右的土层上，种满了各种各样的蔬菜和花草：豆角，黄瓜，茄子，辣椒，白菜，萝卜，小葱，红薯，菠菜，秋葵，芫荽，南瓜，三角梅，雏菊，百合，月季，玫瑰，还有一些我完全不知道名字。

可能跟从小在农村长大有关系吧，每次置身于那片田地之中，置身于那些蔬菜和花草之中，我都会感觉到一种久违的亲切和安静。曾经有好几次，我在枝叶繁茂的黄瓜架下待过整个下午，什么事情都不做，什么事情都不想，只是坐在田垄上出神地望着枝叶间的蓝天白云；更多的时候，我会在忙碌的间隙或者特别无聊的时候去那儿转悠上一圈，单纯地在田垄间走一走，看一看当季的植物是什么样子。这里要澄清的一点是，我之所以这么说，并不是因为一种文艺和浪漫化的心理，也并非出于一种田园牧歌式的情结，而只是为了说明这样一个事实：我的确在那儿消磨过不少时光。

就像你想的那样，待在那儿时我也会想到这样一个问题：这些蔬菜花草是谁种的？后来我知道了，它们的主人是老常，一个六十多岁的退休工人，我们是在他搬来一只浴缸那天上午遇上的。

接下来的时间里，老常和我就成了经常在楼顶相聚的朋友。他生于1952年，老家在汉阳的农村，早年为了能在城里当上工人，他报考了一家机械学校学电焊，毕业后分配到造船厂，一干就是四十年，退休之后又返聘了几年，最后才算是彻底退下来。儿子移民去了加拿大，女儿也嫁到了外地，老常不用操心子女，更不用操心子女的后代，完全可以过上自由自在的退休生活。然而谁也没想到的是——包括老常自己，他却在天台上重新找回了当年极力想摆脱的那个身份——农民。

有一段，我一直在琢磨的是，老常为什么在楼顶开这块田？难道，他是像老干部们种花种草那样，为了修身养性？还是像现在的很多文艺青年们那样，把种田想象成了一种诗和远方般的生活？

伙计，你完全可以去下下棋、打打牌啊，或者读读老年大学什么的，干吗要种地呢？以前没种够？有一次，我这么问老常。他用毛巾抹了一下额头说——当时他正在翻土种一畦小葱，还能为了啥，为了吃呗！我不解地说，你退休金都花不完，儿女也都不要你操心，还会缺吃少穿是怎么的？他笑了笑说，倒不是缺，你不懂，现在的菜都是塑料大棚里种出来的，根本就没法儿吃，完全没有菜味儿，在菜市场买一把小葱都没有葱味儿，我们以前吃的菜哪会是这样呢？

种的菜吃不完时，老常就让我去摘。"你随便摘。"我不好意思摘，他就送，一次接一次送，小葱，辣椒，白菜，萝卜，芫荽，黄瓜，豆角，他都送过，既送给我也送给其他邻居。吃过一次之后我就明白了，正如老常所说的那样，这些菜都非常有"菜味儿"，和从菜市场、从超市买回来的菜完全是两种滋味。它们是蔬菜本来的味道，或者煽情一点儿说，它们充满了故乡的味道和过去的味道。

四

从老家到淮北，从淮北到广州，从广州到桂林，从桂林到上海，从上海到北京，从北京又到武汉，一个人飘零在外也有差不多二十年了。尽管南北辗转不停，然而这二十年来我却并没有那种特别强烈的漂泊之感，同时也没有那种特别强烈的乡愁。一方面，这当然是因为今天我们每个人都成了飞来飞去的候鸟，漂泊和流浪早就成了我们惯常的生活方式；另一方面，也是因为我逐渐觉得，很多人挂在嘴边的所谓"乡愁"在不知不觉中已经泛滥成灾了，甚至于成了虚假和卖弄。

那么多年来，除了工作和生活的城市变换之外，我还比较热衷于前往各地旅行——尤其是前往与我家乡的地理地貌和风土人情差别巨大的地方。的确，旅行所具有的一种特殊魅力即在于，虽然在当时当地所亲历亲见的一切都不是久驻的，是即时的，变换的，不过正因为如此，它也能最大限度地激发我们已经钝化的感官，让我们将一切视觉之见都化为细腻的心理感受和精神颖悟。

最近的一次旅行是在去年八月份，地点是云南宾川县的鸡足山。在到达那座佛教名山脚下那个小村子的当天晚上，我和朋友们在村子里到处转悠。就像我去过的很多村庄一样，那是一个以老人、妇女和儿童为主的小山村，大量青壮年劳力都去外地打工了。也像我去过的很多村庄一样，那些常年在外的打工者，也将他们的旧房子换成了一座座崭新的小洋楼。穿行其中，我们沿着一条石板路不停地上坡下坡，接下来，又沿着村子和田野之间的一条土路走到村子的另一头。

一阵阵爆米花的香味，就是在这时候飘过来的。顺着香味，我们来到村前的一块空地上，一个瘦弱的老者正在一圈接一圈地摇着被烧得通红的炉膛，几个妇女和小孩或坐或站围拢在他的四周。几分钟之后，随着嘭的一声巨响和那几位小孩的欢呼声，先前被放在炉膛里的那些玉米粒儿就变成了一团团爆米花，空气中淡淡的香味也再一次浓烈起来。接下来，作为围观者，我们每个人也都分到了一捧爆米花。送给我们爆米花的那个当地妇女说，老人家很辛苦，送给他梨子和石榴他不要，多给他几块钱的工钱他也不要，该收多少钱就收多少钱，每隔一段就会到我们这儿来一趟。

而我在想的是，爆米花的这种香味，我已经有多少年没有闻到过了？是几年？十几年？还是二十几年？很多年前，当我还在读小学的时候，我们那儿也有一个经常来炸爆米花的老者。那时候，我们每天最渴望的，就是能听到他在院墙外由远及近的吆喝声，就是能一出门就看到他一手摇着风箱一手拉着炉膛的样子；或者说，我们每天最渴望的就是能在一出门的时候就闻到爆米花的香味。

并不是出于煽情或者被时光渲染过的某种浪漫化的情结，我不得不承认的是，在鸡足山的那天晚上，村口前那一阵爆米花的香味让我想到我是一个流浪者，一个空间里的流浪者，同时也是一个时间里的流浪者，在这趟双重的和不可逆的流浪之旅中，我一直带着自己的身体故乡——感官生活为我们在那里封藏的一个永恒故土——流浪，这是我要面对的全部事实和唯一事实。

在之前的那么多年里，尽管我——我们——所有的努力都在于摆脱自己的故乡身份，要成为一个城市人，要成为一个现代人，要成为一个远方意义上的人；但是直到那一刻我才明白，无论我怎么努力，怎么决绝，怎么辗转，事实上我一生都摆脱不了自己那些细碎而又根植于身体深处的感官记忆。也许是一种味道，也许是一个声音，也许是一幕场景，它们总会在某个不经意的时刻和某个无法预见的地方跳出来和你再次相遇，同时也逼着你和另一个自己再次相认。

"我有一种奇怪的感觉，感觉奇怪的不是岁月去无痕，而是另外一个我，一个孪生的兄弟依然在那里。在附近地区，没有垂垂老去，却依旧循着那些小得不能再小的生活细节，继续过着在这里短暂度过的那种日子，直到时间的尽头。"法国作家莫迪亚诺在《夜的草》里的这句话，其实也就是我想说的——离开故乡那么多年之后，我想到了仍然生活在那里的另一个我，我想到了仍然生活在身体内部的另一个我。他在等着与我相认，就像吃着垛子羊肉的那个小女孩一直在等着与八十多岁的表姑相认一样，也就像早年躬耕田垄间的老常一直在等着与退休后的老常相认一样。等会儿，或许我应该去找表姑聊一聊，或者到楼顶上和老常坐一坐，帮他翻翻地、浇浇水。

过年记

母亲曾告诉过我一个奇怪的现象，在我 20 岁以前——那时候我还住在乡下，每到临近春节的时候我总要严重感冒一次。母亲说，那是因为你属猪，年关近了，家家户户都杀年猪，属猪的人因此会受惊吓。这个说法可能有点儿迷信的色彩，但是它一直伴随了我在家乡所度过的 20 年。20 岁那一年，我去外地读大学，毕业前一年就出来工作，然后从广州到桂林，到上海，到北京，再到武汉，辗转了大半个中国。在这南来北往的十几年之中，奇怪的是，虽然平时会有感冒发烧，但是在春节前却基本上再也没有感冒过。至于这其中的原因，我不知道究竟是离开家乡太久的缘故，还是城市里到了过年之际不再杀猪的缘故？

以前在农村过年时，年的气氛总是从杀年猪开始的。那时候几乎家家户户都养年猪，一头膘肥体壮的年猪，要几个人合力才能围住，然后五花大绑，再用架车拉到村里杀猪的地方（这是一个固定的地方，两个大灶台，支了两口大锅，除了过年杀猪时用，平日里并不做其他之用）。一路上，猪在前面声嘶力竭地叫，我们小孩子也跟在后面叫。吃得再肥、叫得再凶的年猪，一大闷棍吃下去也会晕厥，趁着还没叫出声，一把尖刀就从脖子下插进去，黑红色的血就喷了出来。放完血的猪抬到煮沸的大铁锅中，褪完毛后开膛破肚，扯出心、肝、肺和肠子，砍下头，两片白白的身子挂在铁钩上悬吊起来。一头猪被大卸八块，最后我们分到的是一只猪尿泡。几个人轮流着往里面吹气，腮帮子都憋红了，才把猪尿泡吹起来，吹得大大圆圆的，上面还挂着血丝和几小块油腻的脂肪。这也就是我小时候踢的足球，一直到初三毕业都没有踢过足球的我们，每年唯一一次踢的球就是一只这样的球，直到把它踢得漏完最后一丝气，我们才算是过足了瘾。

在农村，猪肉是最大的年货。那时候，我那经常在乡间操持红白喜事流水席的父亲，过年时家里待客的大菜也都由他置办。猪肉，一开始是自己家的猪杀出来的，到后来自己家不养猪了，就买其他人家的年猪肉。置办好猪肉之后，大年三十前一天，他会先煮好一锅肉方，然后就开始做一种香肠——那是迄今为止我吃过的最好吃的香肠。具体做法是这样的：先把肥瘦相间的猪肉切成小块，然后放进清洗干净的猪大肠里，两头扎紧，然后放进锅里文火慢煮，同时要放辣椒、花椒、茴香、香叶等很多种佐料。等出锅之后，就把几大串香肠盘在一起放在一只陶瓷盆里——我至今仍清楚地记得陶瓷盆内侧那一层暗红色的明亮釉水，这种香肠是做冷盘吃的，切成薄片，然后装盘，放蒜黄、酱油和醋。我小时候嘴馋，那几大串香肠煮好之后，我每天就会紧盯着那只陶瓷盆，当然紧盯着那只陶瓷盆的还有我的哥哥——他比我大8岁。我们兄弟俩时不时会掀开锅盖偷吃一截——只要看见我哥偷吃我就去跟父亲打小报告，而他不在时我就偷吃，最后的结果是，还没过年这些香肠就被我们偷去一半。父亲发现后会责骂几声，不过也只能是责骂几声。

除了猪肉，父亲还要和母亲料理更多的年货。杀鸡，宰鱼，包包子，蒸馒头，炸丸子，包饺子。它们的做法与别处可能不大一样，譬如做鱼。鱼是鲤鱼或者花鲢，去鳞去内脏之后，用一层面粉裹了放在油锅里炸（炸是为了储藏得更久），等炸到焦黄时出锅，冷却了之后用报纸包好放起来，吃时再和白菜一起烩；做包子和馒头还有特别的花样，走亲戚时带的那些，揉好之后要用筷子在上面压出花来，馒头上还要放一颗大枣——这就是"大馍"（去至亲长辈家拜年时是一定要带的）。饺子要到除夕下午才开始包，父亲剁馅，母亲擀皮，然后两个人一起包，屋檐之下有一种闾巷人家都拥有的淡到寻常的富足。第二天一早就是过年了，不过真正过年远远没有准备过年那么诱人。过年前每一天都离年更近一天，而过了年就离年一天比一天遥远了，即使是春节那一天的下午，早上走街串巷地拜完年，年也就结束了。此后是一天接一天地走亲戚，一天接一天地喝酒吃肉，再然后就是盘算着离家的日子。丰盛之后，有一种没有着落的荒芜。

回首一下这 30 多年来的春节，我只有一年没在老家过春节。那是 2006 年，也就是我大学毕业的前一年。那年的 11 月底，我南下广州，在一家图书公司做实习编辑。后来，也许是动了在外过一次年的念头，再加上当时正在做一个小手术，就跟父母说春节不回去了。父亲当时也同意了，但是随着越来越临近年关，他又开始催促我回去过年。我是这么说的："我就不回去了，寄些钱回去吧，就当我回去过年了！"父亲回了一句我至今都不能忘的话，他说："那不可能一样，钱又不会叫爹！"那一年的春节父亲没过好。后来母亲跟我说，那些天父亲吃也吃不好、睡也睡不好，大年初一很多人来家里拜年，他也没有多少笑脸，就像丢了魂似的，过一会儿就偷偷往外面看一眼。从此之后，我决定每年都要回去过春节，至少是给父亲一个安慰。不过这安慰，后来也只是给了他3年而已，因为他在2009年的春节刚过完没几天就去世了。

他去世了，但是我们的年还要照样过。不过，也可以这么说，在他去世之后，每年他也还在和我们一起过年。因为按照我们那儿的风俗，家里长辈去世之后，每年除夕的下午，家人会去他们坟头前烧几沓纸和几摞纸钱，同时放一挂鞭炮，意思是请他们一道回家去过年——这也就像父亲还在世时也会在那一天去坟头前请他去世的父母回家过年一样（正月初三那天再去坟头前烧纸烧钱放鞭，意思是请回去）。其他地方，我不知道是否也有这样的风俗传统，但在我的老家多年以来就始终如此。事实上，我可能从来还没有如此清晰地意识到过这一点，也即这么多年的年我们都是和去世多年的亲人的亡灵一起度过的。这种清晰的意识，来自于前几年的某个春节，正午时分，熙攘的人群已从院子里散去，我在明亮的阳光下一转身，就看见了堂屋正中案几上父亲的相框（只有过年期间才摆出来，以供后辈和村人磕头凭吊），我们就像多年以前那样互相对视着，一种静止如光线的、被阴阳分割的时间闪烁在我们之间，转瞬之间又消失不见。

都说现在的年没有以前的年有年味了，这是自然的。就本质来说，过年，也不过是在重复一种节日的形式，或者说是在重复一种相似性的时间节点——生活的主要方式恰恰也就是在重复以及换着花样重复，过年（所有的节日和具有纪念意义的时间节点都一样）只不过是这种重复之上的一个刻度标识。但是重复并不是永远的，因为置身于重复之中的我们并不是没有情感色彩的物理事物，而是人，是具有情感关系和时间意识的人，所以人的离散和这种离散带来的感受也在冲淡着这种重复。年，一年一年地过年，同时年也在一年一年地过人，这种离散也在一年一年地离我们越来越近。在做小孩子的时候我们是那么盼望过年，而现在却没有一点向往了——或许是年龄大了？又或许是日子好到天天都像过年了？而以前并没有那么盼着过年的父母们，现在倒是越来越盼望着过年了——或许因为我们长年飘零在外，只有过年时候才能让他们见一面？又或许我们一直想做风筝，一直想挣脱父母和家牵着的那条线，而在还没等到挣脱的时候，不知道什么时候它自己就断了！于是我们悲伤，接着平复，最后又把这根线继续传递下去，交给下一代人。

饿的治愈

一

　　人类不是生来就清白无罪的，这种罪来源于饥饿。300
万年前，人类的祖先主要靠吃素为生，他们吃掉了所有身
边能吃的东西——浆果、树皮和一些植物的茎叶，但到了
250 万年前，他们开始吃肉，开始用石头屠杀动物，生肉
成了盛宴。在 70 万年前对火的使用和掌握，意味着野外烤
肉已经在他们的饮食中习以为常了。每年的 7 月 4 日是美
国的国庆日，但是与此同时，这个时间也是野外烧烤的好
日子。现在几乎很少有人知道，这两者之间有什么联系了，
事实上，那不但是美国国庆日，也是人类对饥饿最好的纪
念日。

　　人类学家说，人类是在沿着一条铺满石头和骨头的道
路上不断前进的，石头就是人类的武器，而骨头则是人类

的厨房垃圾。所以从石器时代开始，一直到农业文明，人类的奋斗目标都很明确，也很简单，那就是填饱肚子——食物被赋予了一种绝对性地位。那时的吃，还没有道德和原罪的参与，也没有文明和文化的沉淀，完全是一种动物行为。在中国可能尤其如此，我们说"民以食为天"，老百姓的奋斗仅是为了吃饱穿暖，在基本生存线上游荡，所以中国人说民以食为天是代代相传的饥饿经验已经深入到骨髓血液里。

在我看来，原始人类的吃素和后来的茹毛饮血，是饥饿感的第一阶段，出于一种生存的本能。而火的使用，则将这种饥饿感过渡到了第二阶段，到了这时候，饥饿感已经超过了饱暖的需要，人类开始了对味道的讲究和追求。进入农业文明后，有了烹饪的经验和作料的辅助，人类将地方饮食的风味发挥到了所能发挥到的极致。这种第三层次的饥饿感，发展出了我们泱泱大国几千年来文明的、文化的、地域的菜系传承。中国有八大菜系，鲁、川、粤、闽、苏、浙、湘、徽。鲁菜讲究清香、鲜嫩和味纯；川菜味出三椒和鲜姜，先辣后酸再麻；粤菜鲜嫩爽滑；闽菜炒熘煎煨，清鲜和醇，荤香不腻，巧融中原汉族和古越族于一；苏菜浓而不腻，淡而不薄，酥松脱骨而不失其形；浙菜则清鲜脆嫩，长于保持食材的本色和真味；湘菜油重色浓，酸辣香鲜，一如其霸蛮和泼辣的地性；徽菜则是擅烧炖蒸爆，是士子和夫子菜，兼有南船北马的流动性。

我并不精于菜系研究，但是在我个人看来，这八大菜系中的每一种，其实都可以说成对我们饥饿感的一种深层弥补和满足；在果腹的功能之外，还有味道的满足、地理的满足、空间的满足、心理的满足和文化的满足。事实上，如果是地地道道的八大菜系，不但食材、水和作料要取自当地，就连生火的柴火也要是当地的，厨师也要是当地的，唯此才能结合当地的地气和人气，弥补多重层次的饥饿。李鸿章喝的老母鸡汤，为什么要从肥东肥西选鸡选料选厨师？白崇禧在南京做国防部长，为什么吃米粉一定要从桂林空运卤水？他们吃的不仅仅是一顿饭，同时还是故乡水土，是乡愁，是山河血脉，满足的是一种地理上的和乡愁上的饥饿。这也是为什么离家在外的人，只有吃故土饭菜才最健康的原因，因为他们吃的是食物外的东西。

以我个人来说，我的饮食记忆来自于 20 世纪八九十年代，吃饱已经不成问题，但是我那时有另外一种饥饿，对水果和鱼类的饥饿。因为我在 18 岁之前，完全生活在一个中原内陆地区，黄土盖地，骄阳当空，缺乏除此之外的地理、气候和水源，对山没有概念，对水没有概念，对草原没有概念，对海洋更没有概念，所饮所食都是土里"长"出来的，水果和鱼类在日常饮食中非常少见。至今我还对当时为数不多的吃苹果和喝鱼汤的经历极为难忘。那时候因为水果珍稀，妈妈会把苹果、香蕉藏在柜子最深处，埋在几块布下面，怕我放不住剩食，一下全吃了。然而那种吃苹果、香蕉的经历和身体深处对它们那种香味的呼唤，每次都驱使着我翻箱倒柜地把它找出来，同时又怕被人发现。我至今难忘，那放了苹果的柜子里，一打开就是一股贮藏酝酿已久的香味，而我每次都屏住呼吸，像一个等待圣餐的孩子沉醉在那重重香气之中。

至于吃鱼的经历，则更是尤为难得和珍贵，那是一种内陆地区日常饮食经验之外的经验。在我六七岁时，堂姐出嫁，回门时送来两小尾活蹦乱跳的鲤鱼，成了我们当天的晚餐。跟过年时吃鱼那种裹了面粉在油锅里过一道的吃法不一样——这样做是为了储藏得更久一些，这两尾鲤鱼被母亲做成了鱼汤，新鲜的鱼做成的新鲜的鱼汤，当时这可能是我第一次这样吃鱼，至今我还记得那鱼汤的鲜美和鱼肉的鲜嫩。我们那儿没有什么湖，也没有什么河，所以平时基本上是不怎么吃鱼的，尤其是这样吃鱼。这次的经历告诉我鱼竟然还可以这么吃，并在之后的日子里多次驱动着我带着一帮小伙计们去学校门前的小河里捉鱼。

有一次在学校里，我们利用课间十分钟去捉鱼，由于没听见上课铃声，老师看到教室里一下子缺那么多人，于是就到河里去捉我们。结果我们十几个调皮的男生被老师带回来——老师带着我们，我们捏着捉到的鱼，被老师安排在夏天毒辣辣的太阳下暴晒，每个人捉的鱼都要自己生吃下去。这虽然是一种惩罚，不过我们却吃得津津有味，甚至有一点恩赐的感觉。而有时候，我们在泥水里混战半天，最终把几寸长的小鱼逮回来，灌了清水养在瓶子里，每天打量着它的游动和生长，仿佛美味在即。然而等到过了十天半个月，因为没换水或喂的食物太多了，几条小鱼被养死了。看着那小小的尸身漂在水面上，你无论如何都难以接受，其中有对自己精心侍弄的惋惜，有对错失一顿美味的可惜，更有对一个物种的少见和饥渴。

今天，我当然已经不会对吃鱼还有那样的渴望了，在顿顿南北大餐、鸡鸭鱼肉的时代，吃鱼已经成了一种日常饮食。然而正因为这样，时至今日我才更会对多年之前那次吃鱼的经历念念不忘，或者说我是对那种吃鱼的饥饿感念念不忘。同时，我也很怀念小时候吃苹果、香蕉、桃子等等的日子，可以说是它们培育出了我对日常食物经验之外的另外一种经验，那种被强化的驱动力一次次促使我把饥饿感迁移转化到其他地方，让我一步步地打开官能感受系统的一种深层体验。而由此出发，作为人类，我们是不是也很怀念远古时深山里那一声声饥饿的肠鸣呢？正是那低沉的饥饿之声，拖拽出了人类饮食文明的一条漫长曲线，也把我们深层的感官体验拖拽出了一条漫长曲线——满足、麻木、再满足、再麻木，如此反复——呢？

二

我小的时候顽劣无比，远近的孩子没有一个能赶得上。每一次闯了祸，或者把伙伴捉弄哭了，对方的父母就到我家里来告状，我自然要饱受一顿打，要么是鞋底鞭子打屁股，要么是罚跪到半夜。而打完、罚跪完，母亲总是

28

会恨铁不成钢地说我一句："饿你个三天三夜，看你知不知道改！"在我童年和少年的记忆里，这句话出现过无数次，听得耳朵都起茧了，当时我还暗想：只要不挨打不罚跪，饿怕什么，几天几夜我都能撑。多少年后的今天，当回想起这句话的时候，我竟然吓了一跳，在母亲的想法里，饿为什么能扮演这样一种让人改过自新的角色呢？那是她一时性起随便说的话，还是乡野民间一种饿的观念自然表露呢？

上了一定年岁的人，很多都有饥饿的经历。那是一种身体深处的折磨，它不是疼痛，也不是压迫，而是一点点地在吞噬你的力量，咬啮你的意志。这种吞噬和咬啮，比干渴、疼痛和性欲更让你不能忍受，你甚至没有办法去转移和缓解，因为干渴是急速的，你没有办法对抗，只有最快地喝到水，疼痛和性欲是可以转移排解的，只要你有足够的意志去对抗。而饥饿则是一种缓慢的折磨，打个不一定恰当的比方，饥饿在某种程度上就像痒，人最怕的其实不是疼痛而是痒，因为痒最难耐，饥饿也是，你要在身体和精神上去双重面对。然而，纵然饥饿是这样没有办法忍受，但是那种状态却又能让人最真实地体会到自己，体会

29

到原始的、简单的"人之大欲存焉",同时也能让你在超越身体的层面之上,体味到一种清明和安静的反思。

在《红楼梦》中,就有很多用饥饿治病的例子。有一次,晴雯患了伤风感冒,在几近痊愈的时候,又因为补雀裘劳累,病势逐渐加重了,于是她"就饿了两三天,又谨慎服药调养,如今虽劳碌了些,又加倍培养了几日,便渐渐地好了"。这种饥饿,就是贾府治病祛疾的秘法,无论上上下下,有些伤风咳嗽总以净饿为主,次之才服药调养。再有一次,是王熙凤的女儿病了。太医给诊脉后也说:"只要清清净净地饿两顿就好了,不必吃煎药,我送点丸药来,临睡用姜汤研开吃下去就好了。"还有袭人,她感冒后也不吃饭,仅喝些米汤。我以前生病,也不大有胃口,于是就顺应身体的本意,稍稍吃几口或者不吃饭,然后躺在床上或沙发上,也不管外面风雨淅沥还是市井声声,我就是翻闲书,也不用去想去思考,而是淡淡地、细细地品,结果没几天病反而好了。我的这种饥饿,其实不像晴雯和袭人的主动为之,其实我不知道饿可以疗疾,而是身体的一种本能反应,不想吃或少吃,但结果确实达到了治疗的效果。饿能治病,也许是因为饥饿清空了身体,让它的循环和代谢系统得到了一种平时压力下的缓解，稍事休息和调整才恢复到正常的机能。而在饥饿的状态下，人在日常生活中堆积的杂念和浮气，也会被一点点抽离，就像明矾净水一般，沉淀出一种精神上的澄澈和清明，而这其实就是恢复元气。对人来说，元气是最好的药，比什么药都见效快。

佛家也讲究饥饿，用饥饿作为一种修行。在佛家看来，清晨是天食时，即诸天的食时；午时是佛食时，即三世诸佛如法的食时；日暮是畜生食时；昏夜是鬼神食时。所以出家人要"过午不食"，不能在规定许可以外的时间吃东西，这个时间就是从正中午后开始，一直到次日黎明结束。据说，阿难曾跟其他比丘出去，吃完中饭吃晚饭，回来很晚被呵斥；摩诃迦叶雷雨天晚上进城乞食，被孕妇突然撞见以为遇鬼流产。于是佛陀说，晚上不可再乞食吃饭。用俗话说，就是"饱暖思淫欲"，吃得少了，才可以减低男女的爱欲之心，肠胃也能得到足够的休息，把动力解放出来供给大脑，所以出家人才能有充裕的时间和精气修行悟道，易入禅定。你几乎很少见到，哪个脑满肠肥的出家人可以成佛，可以修行得很好。借用拍过一部叫《饥饿》的电影的导演史蒂夫·麦奎因的话来说，这就是"在没吃没喝的情况下，人们才有可能重新审视自己"。

　　饥饿治的是身体的病，而佛家的过午不食，治的则是心里的病。道家也有，道家讲究辟谷，不食五谷，吸风饮露，那也是一种饥饿。可见在身体和精神上，饥饿都可以让人达到一种解脱。饥饿能治病、能疗心，其实也不是就一点不吃饭。比如说每天不吃或少吃荤腥，每顿饭多是米饭、青菜、馒头、菇类和清汤，尽量茹素，这其实也是一种饥饿，是一种有所不为的饥饿，对肉的、荤腥的饥饿感降低了。这种对荤腥的饥饿，其实也是对身体的一种缓解和调节，在精神上也能产生一种对应的元气，而不是说饥饿就粒米不进。

　　空其实也是一种饥饿。一个杯子装满水，就再也装不进去了，杯满则溢，需要清空或者倒掉一部分才能接纳新水，完成下一个轮回。月盈则亏，月亮也需要在一个月的周期中，从初一到十五，从朔到望，再从望到朔。所以古人说要虚心做人，谦虚就是饿，倒掉心里有的东西，接纳别人的长处、学问，才能不断累积给自己，达到圆满圆融。这些都是从身体里生发出来的哲学，是自然和人世的饥饿哲学。其实我们可以发现，饥饿在很多地方都有，病也是一种饿。贾平凹说："1988年的7月，我因病住进了医院，至今病未痊愈。我知道我的病从何起，数个年头的家庭灾难，人事的是非，要病是必然的。但这一病，却使我把一切都放下了，所以我说病就是另一种形式的参禅。"病是参禅，饿也是。最饥饿的时候，没心思做别的事，只想解决掉、抵挡掉现时的饿，所以一切功名、富贵、玩乐都放下了，这种放下就是一种回到，回到身体的原始本能。我有个邻居，有次家中失火，烧掉不少东西。他平时吝啬，一分钱的东西都舍不得丢，破烂堆了一地，杂七杂八地零落一屋子，他老婆几次三番都要丢了去，都被他挡住了。那场火，把那些破烂家什都烧光了，他倒说："烧了其实也好，我都不记得那里面有些什么了，没烧前觉得什么都能用得上，烧光了才知道没有了也没什么。"这就是一场悟，一把火烧掉了他对物的追逐，烧掉了他在俗常生活里的我执，这种追逐和我执其实就是吃得太饱了，而这场火则把他烧回到一种正常的饥饿本能，回到了饥饿原点。

对于现代人来说，大多数人都是我那个家中失火之前的邻居，总是到处去抓去拿，觉得什么都有用都需要，于是想尽一切办法占有，结果一个个都是吃饱吃撑的面相，成为坐拥万贯的风尘乞丐。拥有正常饥饿感的人不是这样，正常的饥饿是让我们一步步来，一口一口吃饭，享受咀嚼，享受食物的下咽，满足于食物填饱肚子。对我们来说，可以不学佛，可以不过午不食；也可以不修道，可以不去辟谷。然而我想，我们也许都应该听听小时候母亲天天骂我的那句话："饿你个三天三夜，看你知不知道改！"饥饿于我们的力量和治愈，也许很多人都没意识到，但终究有一天你会悔悟，你会明白在吃撑的现代生活中，只有回到饥饿，回到原始的身体本能，回到吃和饱，我们才能品尝滋味、感受冷暖，才能换回一颗有灵性元气的心。

三

回想起来，我们都会觉得小时候吃饭很香，因为那时候的饭菜确实香，同时也有一个原因，是那时候我们懂得饿，能强烈地感受到饿。而饿会美味你的食物，会挖掘你深层的味觉。小时候没有菜吃，我可以一个咸鸡蛋或咸鸭蛋吃两顿，用竹签挑着吃。你会仔细品味它的咸和香，会回味腌得流油的蛋黄的硬和柔软，会不舍得丢掉落到桌角上的一小块洁白的蛋清，同时还能用这一小半咸蛋吃下去一只馒头、喝下去一碗粥，另一半咸蛋留到下一顿再吃。那时的每一次咀嚼，都是对饥肠辘辘的满足，都是在跟饥饿作和解。

我祖母常说，要想小儿安，三分饥与寒。你会说那是一种苦难式的养育，在苦难中才能学会生存。我想说的是，那其实更接近一种本能的养成，常在饥与寒中，你才不会丢掉本能。譬如你看动物，因为没有食物的储备，动物的生存是艰难的，每一餐饭都要靠搏斗和撕咬，在胜利之后才能填饱肚子。饥饿是它们内驱的动力，为每一次进攻作准备。人类有余粮，然而老人们依然说，半饥半饱日子长。这个长，不单是指节约俭省可以长久，也是在说我们的身体，在机能上需要保持半饥饿的状态，这种半饥半饱是进取的本能，是征伐前的枕戈待旦。也许老人们是从动物身上看到了自己的动物性，抑或是自己的一种动物经验。

今天的人们，在这个物质生产异常发达的时代已经不会饿了。这个不饿有两层意思：一个是在客观上缺少饥饿的感受和经历，属于人生经验上的先天不足；另一个不饿是在主观上不愿意饥饿，每顿不是吃得饱就是吃撑了，从来不会饿肚子，不会在饮食上有所节制和克制。我们对吃不饿了，对睡觉也不饿了，现在很多人，尤其是城市里的年轻人，晚上已经不会困了。这当然有生活方式的原因，有睡觉拖延症的习惯性心理，但最重要的，是我们的身体已经不需要太多睡眠来恢复体能了，因为各种各样的能量和恢复已经从别的渠道得到补充，比如功能饮料，比如高能量食品，比如保健按摩。与此同时，我们的身体也不再过多需要透支体能了，因为都市生活和办公室活动，已经完全不像农业劳作，不需要再付出体力和汗水。

为了让自己重新体会到饥饿感，我有时候会去爬山或徒步，或者做一些体力活。虽然在少年的农村经验里，那时候我其实是厌恶劳作的：早上天未破晓，就要走上三四里乡间土路，到半人高的青纱帐里蹲地锄草，因为太阳升起来后太热，只能趁着晨露未消多干一些活。虽然今天回想起来，玉米叶子上滚圆的露珠真是周邦彦说的"叶上初阳干宿雨，水面清圆，一一风荷举"。白天有时候是点花生，或者浇地，再或者是掘翻田里的土壤。因为太阳很毒，劳作很累，你可以感觉到出了一层又一层汗水，而阳光一次又一次地把它们蒸发到空气里去，你会有一种干渴和饥饿，而那时候渴是远远超越饥饿的，你对于水的需要，会远远超过对食物的需要。这是人体的系统决定的，因为在只吃饭不喝水的情况下，人只能活三四天就会脱水死亡；而在只喝水不吃饭的情况下，人是可以坚持相对较长一段时间的，一周或是几周，甚至是几十天。

孔子说："饭疏食饮水，曲肱而枕之，乐亦在其中矣。"然而也不乏一些人，却总是梦想超脱，炼丹求仙做真人，让自己置身于温饱之外，而不是去体味饥饿和饱暖、干渴和畅饮，不是生存于基本的本能之中。在19世纪的英国威尔士乡村，有个名叫莎拉·雅可布的女孩说自己可以16个月不吃不喝，轰动一时。有些医生对此怀疑，对她实行24小时严密监视，结果10天后雅可布饿死了。这样的例子，在中国也有。1948年，四川省石柱县桥头坝村一位农家女杨妹据说"九年不吃饭，照样活着"，重庆市卫生局对之做了3周观察，确认实有此事，由国民党中央社发稿"证实确属不食"，成为一大国际新闻。然而一些科学家和医生对此质疑，重庆市卫生局又对杨妹进行更严格的检验，并秘密监视，终于发现杨妹"凭其聪明及极为敏活之手法窃取食物"。事实上，只要还是人类，还有生物的本能，饥饿就是没有办法超越的。对于饥饿，你只能把它作为一个可敬的、永远不需要打败的敌人，因为只有敌人的强大，才能让你自身也保持一种强大。

四

在产品销售上，有一种方法叫"饥饿营销"，即企业把生产规模控制在比市场容量小 20%—30% 的范围内。这是一种有意识地压缩产量，以达到产品畅销为目的的销售策略，乔布斯和苹果就一直在用"饥饿营销"。今天，我们在很多方面和领域，都学会了饥饿，用我们的身体和本能去迁移，做得风生水起，然而最最具有讽刺意味的是，我们自己却首先丧失了身体的饥饿感，这到底是一种退化，还是一种进化？

我有一个朋友，曾经在吉尔吉斯斯坦打钻井。有一次，他被暴风雪困在山口，弹也尽粮也绝，前不能行，后不能退，几天几夜没有吃东西，饿得实在不行，正准备写遗书，幸好暴风雪停了。在听他讲的时候，我竟然有一种羡慕，不是羡慕这样的生死经历，而是羡慕那种饥饿和劳累。这样的饥饿感和生存经验，是都市人所没有的，在一个时代性的"饭来张口，衣来伸手"的生活中，我们的饥饿感在退化。物质的富裕和取得的便利是一把双刃剑，在让人感受到丰富便捷的同时，却也在造成肠胃的退化、消化的退化，以及本能的退化，我们不会饥饿了。中医说，有胃气则生，无胃气则死。胃气其实就是知道饥饿、感受到饥饿，有了饥饿感，吃了饭才能被吸收；没有胃气的话，吃的饭就等于没吃。吐故纳新，胃气就是吐了故纳新。

很多时候，我自己也有这样的体验：白天如果干体力活儿，虽然会觉得很累很饿很渴，但是吃起饭来就会感觉到很香很甜，晚上睡觉也会很快入眠，一夜无梦。或许身体官能是有自己的记忆系统的，在很久没有劳动之后，那种记忆系统会让你开始怀念，不仅仅是出于一种为了劳累和饥饿的怀念，同时也是一种对动作本身的怀念，对弯腰、拉伸、抬腿、用力的怀念，是身体对它自身本领的怀念。这其实就是一种新陈代谢，是《黄帝内经》里的"法于阴阳，和于术数，食饮有节，起居有常"。然而我们的不累，是把睡觉的出口堵住了，很多人甚至得了晚睡综合征，在本能上对睡觉不再有特别强烈的嗜求，丧失了睡觉的"饥饿"，成了不会睡觉的人。不会饥饿的人，正在把不会饥饿迁移到很多方面。不单单是对睡觉缺少饥饿，对知识也没有，对爱好也缺少，对运动也缺少，对成就也缺少，对爱情也缺少，丧失了本能上的进取。

要学会饥饿，先要对付饥饿的敌人。饥饿的敌人并不是食物，而是馋。还是《棋王》里的王一生说得好，在家道好的时候，你根本不会对饿有压力，"有，也只不过是想好上再好，那是馋，馋是你们这些人的特点"。在饿的时候——不单是肚子的饿，我们不都在尽力吃饱吗？不但吃饱，而且还要吃好——吃好的，譬如一次玩个够，一次爱个够，换着花样玩，换着花样爱，而等到吃饱吃撑时，再也没什么兴致去玩去爱了，因为吃腻了吃顶了。这就是馋，饿可以吃饱，而馋是要吃撑。老子说："五色令人目盲，五音令人耳聋，五味令人口爽。"我们的馋，不但在身体上被喂饱了，在精神上也被喂饱了，已经跋山涉水、尝遍美食，在意识深处找不到能开拓的江山了。比较一下，我们可以明显感觉到对食物的需求，已经远远不如小时候了，再没有那种美味和饥饿感。这是因为，现代人的生活方式是需要原罪的，对饥饿要原罪，对食物也要原罪，只有重新回溯到小时候的吃饭状态，回到正常的饥饿和满足的状态，才能领会一吞一咽。

一方水土一方人，这水土，说的其实也就是饮食。在一个地方，河流里捞上来的鱼虾、每天喝的水、淋的雨、下的露称为"水"，田地中长出来的稻子、麦子、蔬菜和水果称为"土"，正是这种通于五谷的水性和土性才形成一方人的性情、禀赋和脾气。我们讲湘女多情、川女泼辣，那源头其实都在辣椒，都在水土。在广西、贵州、湖南和四川，人们喜欢吃辣椒，可以说是无辣不欢。这跟气候有关，譬如四川因是盆地，天气上比较闷，散不开，所以要吃辣椒发汗，把体内的毒素和淤积排出去，也把心里的郁结排出去。

细嚼慢咽的人，大多都出身富贵之家，起码是不愁衣粮的小殷之家，不会有一种太强的饥饿感，正所谓"仓廪实而知礼节"，所以吃饭时举箸有节，性格里也大多是温柔细腻的，很少会发火，你看林黛玉；而暴饮暴食的人，一般都生长在贫寒困顿的环境，至少是有过这样的经历，他们多有一种慷慨，耿直而易喜易怒，譬如武松。事实上，饥饿通于动作、通于性格，每一次咬合、嚼动和吞咽，每一次喜笑悲怒，在深层都有饥饿的关系；没有哪一种是哪一种的因，也没有哪一种是哪一种的果，就像鸡和蛋的关系一样。

不但动作，食物本身也有对应。俄罗斯有一种面包叫大列巴，个头大，分量足，对应起来的俄罗斯人，则是大块头，粗犷豪爽，有一种森林的性格；而在法国，面包通常做成一个个外形精致的面包圈、面包条，而对应起来的法兰西人则有一种浪漫柔情、精致细腻的性情。俄罗斯的大部分地区都处于高纬度，是难以耕种的不毛之地，素来缺衣少食，所以他们要把食物夸张化——在形状上去满足饥饿感。因为人"接触"食物的第一个器官是眼睛，然后是手，最后才是嘴巴，所以他们要最先满足眼睛和手的饥饿感。而法国则处于欧洲中心，农业发达，有着悠久的农业文明历史，仓廪实了才能发展出礼的部分。所以，法国人的杯盘精致、刀叉闪闪，面包也是小小的圈和卷，不像大列巴那么粗糙硕大，因为他们没有那种长久以往的饥饿阴影了，才能在形状、手感、质地上做文章，才会形成一套有品位的、优雅的、贵族的饮食和生活方式。

其实在胃的饥饿感之外，很多其他形式的饥饿的表现和转化，我们都很难察觉到。之所以很难，是因为它的隐蔽以及表达方式的问题，还有就是成人的过程中，太多的积累、叠加和反复已经遮蔽了感受。我有个朋友的小孩，小时候特别爱吃糖，过了一段时间性格就怪起来，上课时注意力不集中，交头接耳，好做小动作，下课后与同学打闹，学习成绩直线下降。医生说，这是嗜糖性精神烦躁症，是一种轻微的精神症状，发病的原因就是食糖过多，如果这病症发生在婴幼儿身上，就表现为不听哄、爱哭闹、易激惹、睡眠差，或者是夜惊。小孩子的感受和表达系统，很敏感也很发达，饥饿不行，过饱也不行。吃糖太多就是打破了他的饥饿感，导致那样的奇怪性格和行为。其实不单单是小孩子，很多身体感受敏感的人也都会有这种饥饱与性格的反应。譬如吃高脂肪的饮食能使人变得烦躁、忧郁；而体内长期缺钙则会使人心神不定、易动肝火；缺铁和锌可使人急躁、多动、爱哭；而体内缺乏维生素 A、C 时，就会使人变得胆小怕事，没胆量。这种缺，其实就是一种饥饿，但这种饥饿我们感受不到，而是转化到脾气上、行为上去表现出来。

近 40 多年来，中国的农村人口开始大量地出走到都市中去了——当然也在不同的地域之间来回迁徙，但我们饮食的根本，其实都还停留在故乡和童年。很多人都有这样一种感觉，每一次再吃家乡的饭菜、喝家乡的水，会有一种格外亲近。这固然有一种情感和思乡情结参与其中，但是在物性本身上其实也有一种渊源，因为你从小吃喝的就是那一方水土，长期吃家乡的食物，会比吃外地的更健康，也更能消除身上的杂气。离开那方水土十几二十年后，再吃到那样的饭菜，喝到那样的水，你甚至会在性格上、在细微的行为方式上，突然找回以前的自己，会找回自己许久未有的顽劣和调皮，会找到多年不谋面的安静和忧伤。

今天的人，其实每个人都已经没有家乡了，这还不单单是地理上的丧失，还因时代和科技的力量太发达，让你在时间上也找不回家乡了。物质的大发达和输送能力的提高，让每个地方都变得那么没有地域性了，在饮食上、在风物上，都在渐渐丧失原来的东西，逐渐为商业时代的消费主义和便利主义让道，为大范围内的物质交换让道。就在这种让道中，我们丧失了故乡的、地理的、风土的饥饿感，丧失了那条河、那片土地，同时我们也丧失了对那种饥饿感的饥饿感。

今天我们来到都市、来到西方，我们不但丢了故乡，丢了故乡的水土和饮食，还丢了那些贫瘠的、落后的、蛮荒的同时也是朴素的、单纯的、活泼的河流，田地，蔬菜，雨露和山川。我们的吃不专一了，喝也不专一了，所以所有人都成了一个人，性格也都扁平化了，不再带有辣椒的烈和热，不再带有腌菜的咸和涩。这是进步，还是退步？那些根植于一方水土的性格，也许乖张，也许暴虐，也许寡淡，也许狷介，也许不惹人喜欢，但那却最是我们的饥饿，最是我们自己！

舌尖上的人们

很多年前的一个中秋节，我是在庐山半山腰的一栋吊脚楼里度过的。楼刚起了3栋，起楼的那片地方，据说正是1200年前白居易被贬到九江做司马时的草堂旧址。那是公元815年，当朝宰相武元衡遇刺身亡，白居易上表主张严缉凶手，却被认为是越职言事，之后他又被诽谤——母亲因为看花而坠井去世，而白居易却著有"赏花"及"新井"诗，有害于名教，朝廷遂以此为理由将他从左赞善大夫贬为江州司马。从陪伴太子读书的学官降为地方一任闲差，白居易倒也还好，在这里一住3年，游山玩水，优哉悠哉，很是纵览了一番"人间四月芳菲尽，山寺桃花始盛开"的胜景。这几栋刚落成的吊脚楼——事实上只是规划中的一小部分，可能是为了纪念白居易的谪居岁月，也可能只是为了沾沾白居易的名气，他，一个70多岁的老者，把这一片地方命名为"白居易草堂"，开始了他在庐山上的山居岁月。

那天天色已晚，来不及下山，我们便就地取材、生火造饭。柴是满地的松针、松枝和松塔，水是从山涧里接回来的泉水，菜是从菜园里直接摘的辣椒、茄子和豆角。燃枯枝败叶，吃山间蔬菜，饮石上泉水，在平日的饮食之外，我们难得地吃到了一次山风雨露培育出来的林野佳肴。吃饭后开始喝茶，茶也好喝，我们于是说那位老者在这里过的是神仙日子。他笑笑说："哪是什么神仙日子，在山里只能过这样啊！"我们又问，为什么这里饭菜这么有滋味？老者说："你吃到的无非是辣椒、茄子和豆角本来的滋味罢了！"这的确是大实话，我们当天吃到的和一百年前、一千年前的人吃到其实一样，是最简单也最本来的蔬菜的味道。老者又说："还不单单是水和菜，就连烧的柴也会对味道有影响，你们平时做饭用的都是煤气和电吧，我这里是只烧柴，用柴烧出来的饭和用煤气用电烧出来的饭，味道不一样！"再看那老者，的确很有一副仙风道骨的古人样貌，很瘦，但是是那种很精干的瘦，长髯及胸，须发皆白。老者说他原来也住在城里，因为他的女婿是山里的，他后来也就搬过来了，在这儿已经住好几年了，除了做白居易草堂，每天就是垦山、种菜、种药材。他说现在很多中药之所以没效果并不是中医不行了，而是药材不行了，很多地方种药材的水土已经不是原来的水土了，被污染了，而他要在这里试验种一些天然的、没污染的药材，一来可以卖药材，二来也为中药正一回名。

道理，确实是这么个道理。老子说五色令人目盲，其实味道也是一样的。我们现代人的味觉，已经被各种山吃海喝、暴饮暴食，被化学的、工业的、污染了的东西破坏掉了，已经品尝不出最好的滋味。或许可以说，现代人对味道的觉性的丧失可能跟物质社会的繁荣和发达有很大关系。尤其是在我们的日常生活改善之后，我们吃动物性的食物太多，人类离食物链的末端太近，离食物链的初端却太远，经过一条条长长的食物链条之后，把食物最原始、最本质的物性和味道弄丢了，再也建立不起来了。味觉的丧失，跟味道的属地原则可能也有关系。一个朋友对我说，家乡食物最养人，只有吃家乡的饭菜才会越吃越健康，尤其是对于很多少小离家的人，如果能经常吃到家乡的食材，一定会唤回身体里的很多记忆。常年游离在外，东西南北的食物杂食既久，我们从小建立起来的味觉系统被打破了、打乱了，全天下似乎遍地都是湘菜，都是四川火锅，现代人的味觉沦陷在麻和辣的口舌刺激中。但我们都忘记了，食物中最养人的部分其实并非食材，而是味道。在很多饭店，掌勺的大师傅们大多都比较胖，但这并不是因为他们吃得多，相反很多大师傅吃得很少，很多讲究吃、会吃的人也都吃得比较少，而之所以仍然会胖、会壮，全是靠好味道的滋养。据说，在草原地区过去有一道石头菜，是捡鹅卵石用作料炒，吃就是吃那个味道，把石头在嘴巴里嘣一下，再吐出来，那种味道也是一种美味。

庚子年间，八国联军进京时，慈禧太后一行一路西逃，史称"庚子西狩"。这一路上，她饱受饥寒交迫、风餐露宿之苦，史书上记载她在奔波之中投奔到一户农家，吃到了一碗小米粥。吃惯了皇家膳食美味的西太后，竟然觉得这一碗小米粥是她一生中吃过的最好的美味，以至于回宫之后还念念不忘，又派人去找了小米粥来吃，结果却完全不是那般滋味。这说明味觉的衰退也不单单是身体官能感受的衰退，还有我们苦难和流离经验的衰退，盛世之中不愁饱暖、不患奔波，但是在吃的感觉上却缺少了一层底色，那种底色就像是另外一个世界，能为一碗粥建立起一种反差和张力。还有陈丹燕的回忆录《莲生与阿玉》，陈丹燕说她姑姑阿玉每次吃完饭最后都要嚼一口白米饭，那种淡淡的、清香的、稻子果实本身的香味，是一种至味，留于唇齿之间。陈丹燕祖籍广西平乐，她姑姑的习惯应是南方人、广西人的一种习惯，是吃米的人的习惯。其实我们不妨也试试，吃完饭后在嘴里嚼一口白米饭，等咀嚼到全部破碎再徐徐吞下，或者经常喝喝茶。用稻田里秧苗的味道和物性，用山坡上饮风接露的叶片，对抗日常饮食中杂乱的味道，去修正和恢复起自己身体本来的那个味觉系统。

前几年，曾经有一部很红的纪录片，叫《舌尖上的中国》，片子拍得很好，让很多人看了难免垂涎欲滴。但随之也带来的一个问题是，为什么现在好吃的东西太少了？我的意思是说为什么现在的东西比起来以前没那么好吃了？这当然有食物本身的问题，我想并不全是这样，而是我们舌尖的感受能力不行了。在味觉感受的细腻和丰富被现代食物的刺激性破坏掉之后，食物的味道也跟着消失了。不妨举个极端的例子，品酒师的舌头可以尝出几千种酒的细微差别，这说明舌头品尝味觉的能力可以被拓展到某种极致。当然，你可以说并不是每个人都可以做品酒师，但事实上即使不是品酒师，我们的舌头也可以被开发出很大的潜力。但一个明显的事实是，我们的舌头现在却伴随着平日的粗糙、咸辣、重口味饮食，一天天地被钝化了，正所谓什么样的食客能造就什么样的厨师，什么样的饭菜也造就了什么样的舌尖。天下一物降一物，也一物养一物，我们的舌头被我们的食物养坏了！

因为生活在农村，我从小吃的就是地锅饭菜。烧的柴是自己砍的，水是地下汲出来的，锅盖是用高粱秸秆纳的，就像纳鞋底一样，分两层，交错着叠在一起，这样的锅盖最吸味道，在高温下也最释放味道，有了这样的柴火、水土和锅盖，你无论是蒸馒头、炒鸡蛋还是炖肉，都能蒸煮烘焙出饭菜的好滋味，吃到嘴里，舌尖认得那种滋味。说到炒鸡蛋，以前的炒鸡蛋是鸡蛋好、锅也好、柴也好、油也好，炒出来的鸡蛋是金黄色的，吃到嘴里有一种饱满的香，而且筋。现在炒鸡蛋很多都是饲料鸡蛋，用的是不粘锅、煤气和调和油，炒出来的鸡蛋碎而塌、柴而松。我始终坚信，用木材烧出来的菜，肯定要比用煤烧出来的好，用煤烧出来的肯定要比用气烧出来的好，用气烧出来的肯定要比用电烧出来的好，燃料的味道通于舌尖的感受。在中台湾的大山里，我吃到过一种烧制的阿东翁仔鸡，皮够焦脆，又不干柴，有一股淡淡的焦香，鸡皮上撒的有香料，鸡肚子里也有香料，另附送一碗用来沾鸡肉或者拌饭的鸡油。这鸡的好吃，光有香料和好烧制方法还不够，窍门在于，这些在地锅里经过几道工序烤熟的鸡，用的是一种叫龙眼木的木材生的火，猛火时要猛，文火时要文，而且要把木材的香，通过火的熏烤一点点传到鸡肉里去，这样烤出来的鸡肉，才能皮脆肉多汁，且另有异香。

一般来说，我不大喜欢厨师做的菜。这并不是说厨师做得不好，相反，厨师做出来的菜都非常不错，色香味俱全，但就是太有"手艺"了，精工细雕，猛火文火，花样绵密而繁复，然而不真，缺少生活本身的随意散淡。跟厨师菜相比，我更爱吃的，其实是外婆和奶奶做的菜，她们因为不是厨师，不会觉得是在"做"给别人吃，所以不会去讲究精细的东西，而是会用心、用情、用粗笨的手艺，做出虽然家常却入味入心的饭菜，那样的菜印着她们手掌的粗糙和温情。我奶奶到80多岁还在做饭做菜，我小时候家里没人做饭，或者做饭没有菜，我就一转身闪到奶奶的小屋里，她一个人吃饭，做的菜不多，唯冒尖一只小黑瓷碗，我眼看着开锅，也不说吃饭没吃，待到她发话问我吃饭没——我知道，她一般都会问，我就说还没吃，其实我手里攥着半只馒头，她就另取一只小碗，把菜分我一半去，我就暗喜不已地蹲在她膝下，一根一根地挑着那菜吃，吃得很慢很慢，吃快了怕她再分我，吃慢了怕她碗里的显少了。事实上，她做的不是什么美食，做法也很简单，有时是西红柿蒸鸡蛋，有时是野菜撒点油盐，有时是逢年过节的饭菜重新炖一炖，不过都有好滋味。因为她烧的柴火都是在树林里捡的，有松枝，有树根，有枯叶，有麦秸，有朽木，那火苗里冒出来的是自然的精气；她用的锅碗瓢盆也都是几十年如一日，浸润了半辈子的酸甜苦辣，有生活气息。这些老去的味道、老去的手艺、老去的木材，以及老去的奶奶和外婆，都慢慢消散在过去，被已经消失了的炊烟带着它们越飘越高，越飘越淡。

事实上，长年累月的现代刺激性饮食吃下来，我们的舌头已经变得非常迟钝和麻木了，日常吃什么样的饭菜，就决定了舌头是什么样的口味和品味，所以我们舌尖的退化和老去，在今天也是一种必然。舌尖退化的一个表现，就是吃什么都觉得淡，都觉得没有味道，所以我们嗜辣、嗜香、嗜咸、嗜味，地无分南北，人无论东西，重口味已经成了我们舌尖的普遍口味。殊不知湖南的辣、四川的辣已经北伐南下、东征西突，麻辣火锅、香锅成了时下的最流行。而且，随着生活的节奏、工作的节奏，我们的舌尖也建立起了一种节奏，追求味道的刺激，追求快和饱，跟着一桌人吃饭，基本上都是在舌头赛跑，没见到谁还能细细品味。生物学上有一个现象，叫"用进废退"，是说一个人要是不常活动五官四肢，或其他部位，这个部位的功能就会渐渐减弱。我们的舌头不是不用，而是没有细致地用，你可以检讨一下自己，是不是吃东西咀嚼的次数减少了？是不是吃到嘴里会深入品尝食物？

我有一个朋友，他曾经有过一段这样的习惯，每次炒完菜之后，他会先让五岁的儿子尝一尝，儿子说淡了就再加点盐，儿子说咸了就再加点水，辣不辣、酸不酸、甜不甜也是这样。因为朋友觉得，大人的舌头已经被污染过了，被破坏掉了，感觉出来的味道跟正常的味道会有所偏离，所以他要借用儿子还没被钝化的味蕾品尝一下，用儿子舌头的敏感、细腻和质地，去恢复和平衡自己的味蕾系统。朋友很聪明，知道在味觉上老要随小，才能回炉一个原始的舌尖。比起成人的舌头，婴儿和小孩子的舌头，功能的确更强大，也更全面，能精确地感受淡和重、多与少。还不单单是舌头，其他器官亦然，比如小孩子穿脱衣服，你看似他是不讲冷暖，随时随地脱衣服，其实他是出汗了，他的皮肤直接刺激着他的反应，而不会像大人一样，考虑一下天气、地点和礼节再决定脱还是不脱，小孩子没这样的牵绊。

今天很多人喜欢吃西餐，我觉得未必是出于好吃与否，而是出于自卑，以为西餐是高级的、时尚的，是西方的、文明的，然而我们的舌尖感受和味觉系统，其实不是那样。因为从小到大的吃，注定了我们的舌头扎根于农业和田园，在祖祖辈辈的进化上也是如此，而不像西方人，千百年来就是那样的习惯，饮毛茹血，生猛海鲜，有他们的舌尖逻辑。所以很多吃西餐的人，其实蛮可怜，因为他们在咀嚼上、食物上习惯了西方饮食，然而他们的舌尖感受却没能建立起来，他们的舌头进不去西方的城，也不再能回到东方的国。不过我最担心的，还不是舌尖的变异和退化，而是舌头背后心头的退化。李安的电影《饮食男女》中，圆山大饭店的大厨师老朱，每天给三个女儿做尽好吃的，然而三个女儿却都不懂他的心思和举止，人家邀他再出山，老朱说："人心粗了，吃得再精细有什么意思？"确然，吃是为了活着，但活着却不是为了吃，舌尖能恢复到原来的地步，人心人性能吗？这就是舌头和心头的通感，即使吃得再精致，人心却粗粝浅薄了，丧失了最初的敏锐和虔诚，又能吃出来什么滋味呢？

世间味

味有六味，所谓酸、甜、苦、辣、咸、淡。这在《大涅槃经》上有，在《本草纲目》上也有。"其食甘美有六种味：一苦，二醋，三甘，四辛，五醎，六淡"，这是《大般涅槃经》说的；"酸、苦、辛、咸、甘、淡，六味成乎地"，这是《本草纲目》说的。字词不同，但是大致意思，应该就是我们常说的酸甜苦辣咸淡，它们既是饮食上的六种味道，也可以引申为人生中的六种味道。六味，皆通于心。

酸是一种味道，如果把这种味道对应到人，我们最容易联想到两类人，一是读书人，二是女人。在读书人身上，不但有物质方面贫困的寒酸，也有心态上的吃不到葡萄说葡萄酸，所谓文人相轻；在女人身上，酸则更多地表现为情感上的哀怨，容易在风月上争风吃醋。往远说，酸是为了邀宠或者获得认可，缺少一种被承认的安全感，只不过女人的对象是男人，而读书人的对象是浮名。酸有很多种，辛酸是生活的磨砺，酸甜是有怨有爱，酸楚是一腔心事无人说，惆怅也是一种酸。我小时候，一个人走在路上，踩着四周无人的黄土路，看着高高的蓝蓝的长空，忽然听到农户人家里午后的鸡鸣，便会有一种难以名状的惆怅，人生水远山长，我会到哪里去？我怎么此刻又在这里？刻下就心里酸酸的，一直到傍晚，想起那声鸡鸣还是怅然。打个比喻，如果是一年四季，那么酸一定是秋天；如果是一天的时辰，那么酸一定是午后。在人生的水流辗转中，一定要经历过秋天和午后，经历过那种哀和怨——虽然那本身未必是一种健康的情绪，才能进入一种通透和达观，人生的经历和经验才会圆满无缺。

甜是一种相对的味道，能经常吃到甜的时候，甜也就不再是甜了，因为舌头味蕾对它的感知能力下降了。小时候没有糖吃，吃过茅根，吃过生茄子——生茄子也是甜的，吃过高粱秸秆，吃过玉米秸秆，还吃过玉米须。它们汁水中的一丝丝甜，就会让艰涩的童年多一丝快乐和明媚——这也许是事过多年之后的心理作用，也许是旧时光发酵带来的一种愉悦。现在，甜已经不再稀奇，糖不用高高地摆在商店食品柜的最上层，也不用偷偷舀一勺放进嘴里默不作声地等着它化完。事实上，我们对糖和糖的象征也已经习以为常，而甜也就没有那么甜了。小时候的甜总是比长大后的甜要甜，这不但有时光岁月的浸酿，也是甜的经验和甜的心理学。就像《圣经》里巴比伦说的，偷来的水是甜的，暗吃的饼是好的。我们日常形容幸福、爱情、生活最容易想到的一个字眼就是甜。用颜色形容，甜应该是红的；用质感来形容，甜应该是肥的，无论红还是肥，都给人一种富贵和满足感。然而在人生中，甜是冰山露出水面的三分之一，它在水面下还有三分之二。可以说，我们争取过来的、努力后得到的所有甜的那一刹那，背后都拖着一个长长的尾巴，那里面有泪水、劳累、屈辱、用力，它们混合在一起，构成了最后的甜。甜不是甜，而是酸苦辣咸的集合。所以最适合形容甜的颜色不是红，而是白，因为白融合了赤橙黄绿青蓝紫；最适合形容甜的质感也不是肥，而是瘦，因为瘦是经历人生百味后的凝结。

有一个人类学家西敏司，曾经写过一本名为《甜与权力》的书，讲述的是糖背后奇妙非常的权力历史。回到工业化早期，在英格兰以及美洲加勒比殖民地的甘蔗种植园，我们能看到糖是如何从一件奢侈品，而化身为一件工业化产品的，此间它与资本的原始积累、奴隶化生产，乃至国家间的权力、经济扭结在一起。同时我们也能看到，糖这种物质经历的是一个自上而下的文化过程，一步步飞入寻常百姓家，嵌入我们日常生活的肌理之中。在甜的背后看到更多东西的人是了不起的，因为所有甜背后都不是甜的，所有平凡背后也都不是平凡的，每个美丽的十字架下都埋藏着一部苦难的长篇小说。

多年前的一个下午，我和朋友去看过桂林阳朔漓江边一家废弃的糖厂，在糖厂不远处就是实景演出《印象刘三姐》的演出地。那家始建于五六十年代的糖厂，由青砖砌成，高大坚固，墙体上还残留着那个时代独有的宏大标语和口号，据说当时已经被外地的老板租赁下来另做它用。是建设酒店、度假村，还是私人宅邸？不得而知。我们站在还保留着旧日痕迹的高大车间中，想象着当年提汁、清净、蒸发、结晶、分蜜、干燥等由甘蔗制糖的熟练工序，那每一步也都是在努力接近甜蜜。

在台湾，我还去过始建于 1901 年的高雄桥头糖厂，那是台湾第一间新式机械的制糖工厂。作为台湾早期制糖的重要据点工厂之一，那里有着仿巴洛克式的热带殖民样式建筑以及等身观音铜像等诸多古迹。停止制糖之后，那里被定为古迹，转型成为休闲观光产业，不但可以参观日据时代的老建筑，还能一睹叩头虫、豆娘、赤腹松鼠、薄翅蜻蜓的芳容，顺手买上一杯红豆酵母冰，在悠久的糖业历史中感慨一下古今。是的，相比于糖，在糖厂我反而更能感受到一种比糖更甜的东西，虽然我并不确切地知道那种东西究竟是什么，但我想它一定是比糖这种物质更接近于糖的东西，追求糖的过程比糖更让人觉得甜蜜。

还有一年，也是在广西，在上林县，我还看到过迄今我所见过的面积最大的黑皮甘蔗林。在那片北回归线穿过的田野上，有适宜甘蔗生长的气候、光照和水土，更有甘蔗种植的历史。当时，蔗农们正在收割、捆绑、过秤、交易，然后将一捆捆甘蔗装到大卡车中运走，它们消失在一望无际的乡间马路的尽头。在那片甘蔗地的旁边，我遇到几个正在拿着甘蔗当兵器玩耍的小孩子。这让我想起很多年以前的自己，不同的是，我们那儿没有种植甘蔗，我们手中玩耍的兵器是玉米秸秆。当然，更多的时候我们不把玉米秸秆当成兵器，而是当成甘蔗吃，所以在我的记忆中，玉米秸秆的甜甚至比甘蔗的甜还要甜，那是一种替代性的甜，但是事实证明，替代性的甜反而才更甜，也才能被我一直记忆到现在。

想起一首名字叫《世界的甜不一定都是甘蔗的》的诗，从哪里看到的已经忘记了，作者是卢辉：

世界的甜不一定都是甘蔗的

那一折就断的甜

只适合在嘴里

舔了又舔

我所要的甜

也不是雪中送炭的那一种

一袋大米

一对红联

灯笼一挂

欢天喜地的

纸屑

有些甜

看似一张旧报纸满墙贴

其中，墙上的人

就算你打着灯笼

找个遍

不如睡个觉

在那里

见上一面

那时候的甜，事实上不可能那么甜，但因为它们在那个时候找到了我们，所以会格外甜。当然，那种格外甜也就永远就留在那个时候了。我还知道的是，以后它们会更甜，越来越甜——一直甜到苦。

有甜就有苦，苦虽然是我们生活中最不喜欢的一种味道，但其实也不尽然全是坏事。中国人经常说，先苦而后甜，这其实就是一种道家思维，苦和甜是两种截然相反的味道，然而却可以相互转化。古人喝茶，刚开始泡的新茶较浓，味道苦重，后来反复冲泡后才慢慢变甜，有一种淡淡的甘味，从茶道而通人生，所以古人说"先苦后甜"。如果以人生为一道菜来说，那么它的主味就是苦，是人生的盐，唯有在这样的底色背景下，我们才能出得来酸甜辣咸淡。

而我们的性格与道德也才能有根有本，无论是大富大贵还是贫贱患难，都能有一种泰然自处，正所谓《菜根谭》里所说的，"唯大英雄能本色，是真名士自风流"。和尚劝世人常说"苦海无边，回头是岸"，恐怕也正是有那么多、那么宽广的人生苦海做经验背景，芸芸众生中有慧根的人才能悟道出家吧？跟尘世繁华相比，有暮鼓晨钟、黄卷青灯、衲衣破钵的苦作为修行的主色调，才会能者成佛吧？苦中求乐的当然不只是出家人。人世中，最正的一种味道就是苦，惟是这种正可以清欢，因此胡兰成也说："西洋没有以苦为味的，唯中国人苦是五味之一，最苦黄连，黄连清心火，苦瓜好吃，亦是取它这点苦味的清正。"然而今天，在人生被消费贯穿的靡靡中，苦味已被丢尽，无人再咀嚼一路走来的流离，所以即使今后再快乐也只能是浮华浪蕊。

　　六味之中，辣味最刺激。四川人爱吃辣，湖南人也爱吃辣，或许是因为这样，所以在他们的性格中也才有一种尖锐和泼辣。跟男人比起来，女人最接近于辣，这不单说她们泼辣，而是在性格上能达到一种惊天动地。《苏三起解》中，解差崇公道提解她自洪洞去太原复审，她胸有一腔奇怨大屈，在途中跟那个老差役诉说遭际，有一种直面天地的辣；而孟姜女哭长城，一心要寻她成婚三天就被抓走砌长城的丈夫范喜良，在知道丈夫饿死埋在长城后，连哭四十九天哭塌了长城。还有窦娥，一个孤苦无依的女子遭陷害反被贪官判死罪，大冤无处伸，她只有指天骂地："地也，你不分好歹何为地；天也，你错勘贤愚枉做天！"她临死发誓鲜血要溅在刑场的白绫上，六月天飘起漫天大雪，当地亢旱三年。中国历史上的女子在最后关头都有一种辣，这源自于劫难当头的绝望，源自于奇冤大悲，因为所有道路都被堵住了，只有面天对地、对话亘古。同时，有的人手段了得，不讲情义，我们会说他毒辣。这种辣通常不道德，大多都是非常手段，会让人有一种惊骇，但它是超越道德和伦理的天道不仁，是一种方法论。今天，这种毒辣我们可以经常见到，但却不让人心生同情，因为它是一种工业时代的手段主义，只求达成最后的结果，而我怀念的是从苏三到窦娥的"辣"，因为她们有一种直面天地的震撼。

　　一般说，北方人比南方吃盐多，老年人比年轻人吃盐多，穷人比富人吃盐多。从化学上来说，咸味表现为人的味蕾受氯化钠中的氯离子作用而产生的感觉。在烹饪上，咸是一种主味道，但凡是入口的菜肴，大多都要以咸作为底子，然后再点缀其他的味道。其实人生也是，生命的经验和经历若没有以咸做铺排，是品味不出更好的滋味的，从这个角度说咸有一点像苦，都是人生的主味底味，有它们作为托盘人世才能盛放。去年有一本书名为《世间的盐》，就是安徽合肥的一个画家，用他画家特有的望闻问切抒写世间的各色人等和世情百态，他力透纸背的东西所取的就是众生身上的那一缕咸味。

有咸就有淡，再说淡。淡，其实不是盐放少了，也不是没味道，而可能是一种综合了所有味道的味道，正像在三棱镜中的七彩事实上归于的是阳光的白色和无色。再说了，咸或者淡，是一种个人感受，如鱼饮水冷暖自知。有一年去重庆巫溪县的宁厂古镇——中国早期的制盐地之一，参观完曾经繁华一时而今已经荒烟蔓草的"七里半边街"，我们来到一个盐池，喝当地的水，我们都觉得很咸，但是当地人却一点儿都不觉得咸。咸淡之别，到头来还是看自己。四十岁之后的王维，走出安史之乱的恐惧惊吓，住在辋川别墅里的他过着一种吃斋奉佛、亦官亦隐的日子。他曾经作诗说，"行到水穷处，坐看云起时"。这一点，其实也就是一种王维的从咸入淡。读王维的诗，我们常常会生出一种大彻大悟的感觉——那当然是也因为我们的某种人生经验所致，在经过看山是山、看水是水和看山不是山、看水不是水的阶段之后，看山还是山，看水还是水，一切都回到了本来的面貌。大劫之后，马放南山，才会明白生命终归是一场铅华洗尽的朴素，一种水波流转的随性。正所谓"咸吃萝卜淡操心"。这种淡，就是遍饮甘泉或者尝尽苦涩之后的本味，同时也是吃完饭后嚼一口白米饭的回味。

不得其酱

古人说得好，早上开门七件事，柴米油盐酱醋茶。但是，在中国传统民间世俗生活中，酱何以有那么重要的位置？倒还摆在醋和茶之前，这是今天的人们所不能理解的。开门七件事，其实原先是八件，还有一个是酒。由于酒算不得生活的必需品，在元代时就被剔除了，故此人们所说的七件事就只剩下柴米油盐酱醋茶了。唐伯虎写过一首《除夕口占》的诗：柴米油盐酱醋茶，般般都在别人家；岁暮清淡无一事，竹堂寺里看梅花。诗，固然算得上是好诗，不过一心装成骨格清奇、不染尘俗的唐伯虎也的确有点装得太过了。事实上，柴米油盐酱醋茶，般般都在自己家，又如何不能竹堂寺里看梅花呢？一个人如果在深潜到世俗生活里之后还能不失闲情逸致，不是才更能说明他的品性不俗吗？从这一点也即可看出中国文人的一大通病：几千年来，他们在内心深处一直对世俗生活充满了鄙视和拒绝。

我是热爱世俗生活的，这热爱之一，就是对酱的热爱。多年以前，我母亲一年四季都要做酱，一种是豆瓣酱，一种是西瓜酱。豆瓣酱可以做成干的，原料是豆子、盐和辣椒，在泡好、炒熟、发酵后，揉成一个西红柿大小的圆球，一排排摆在太阳下晒，晒成暗红色之后就可以吃了，就饭吃或者炒菜做配料，都极其提味。豆瓣酱也可以做成湿的，有的地方是用蚕豆做主料，我们是用黄豆，发酵后倒在缸里加入盐、碎辣椒、八角等料，晒个把月就差不多了。豆瓣酱的好吃，是因为豆子在发酵提炼出的清香中有一种韧性和温软，每一粒咬起来都有质感，同时又有植物香料的芬芳。西瓜酱和豆瓣酱差不多，也用黄豆，特别之处是还用西瓜瓤。黄豆是自家种的，西瓜也是，其他配料还有姜丝、花椒、八角、辣椒末和盐等等。做西瓜酱之前，先要把黄豆泡上一天一夜，等豆子吸水饱胀之后再入锅煮熟，用纱布包着沥去水分，在豆子上撒上一层面粉，铺在案板或簸箕里薄薄一层摊开，放在不通风的屋子里，等过上六七天黄豆上就会发酵长出一层绿毛。做酱时，按一斤黄豆、四两盐的比例放进一口陶缸中，再倒入西瓜汁，量以漫过豆子一只手掌的高度为宜，再加入辣椒末、生姜丝、八角瓣、花椒等等用筷子搅拌均匀，把缸口用布条密封严实，放在阳光之下曝晒，每隔一两天搅拌一次，一个月后即告成。西瓜酱比豆瓣酱好吃一些，更鲜更香也更甜，酱汁红润，滋味绵长，可能是因为加了西瓜汁的缘故。

北方有酱，南方也有酱，但是北方的酱和南方的酱是不一样的。大体来说，北方的酱应该是味道偏重一些，咸而且辣，这可能跟北方人的生活环境和生活习惯有关。北方，物产不丰，多寒苦之家，做活要出力，能下饭是第一考虑，而且为了俭朴节省起见，还要苦中作乐，所以常常以酱抵菜，只是吃酱也能吃下一餐饭。江南之地的人吃酱比北方人多，然而他们的酱底味是甜的，这大概是因为江南之地的富庶和繁华，风物多而且美，人间也多富足，好日子都是以甜打底子的。据我所知，南方的酱也很少单吃，而是用来烧菜，或者做卤味，如做酱黄瓜、酱板鸭、酱猪蹄等。事实上，酱油也是一种酱，绍兴的母子酱油就有甜味，以及浓郁的醅香味。因此南方的酱虽然味道不重，却很厚腻，有汁液的黏稠度，所以用酱做出的菜味厚，有富贵裕饶之感，让人吃到嘴中觉得日子里有金山银山般的满足。

从解字的角度来看，"酱"是个会意字，从将，从酉。"将"的本义，就是涂抹了肉汁的木片，引申了来说就是涂抹的这种动作，"酉"的意思是腐败变质。而把"将"和"酉"放在一起，意思其实很明显，也即一种经过腐败变质之后而制成的可以涂抹着吃的食物。再后来，随着酱制工艺的演变，酱也用于烹制其他菜肴，于是也就演绎成了一种烹饪手法，即酱法。"酱"这个字，经常让我想到的是茴香豆的"茴"字，孔乙己说"茴香豆的茴字有四种写法"；在老百姓日常饮食中，酱的作用其实也相当于"茴"字的四种写法。老百姓的生活诸般艰辛，持家不易，没有风云际会的波澜，吃穿用度却都费思量，前人常说"不当家不知道柴米油盐贵"，会当家的人想当好家，对着那么多张嘴，那么家常的饮食，就要想着法子变变滋味，在一斤面里做花样，在家常菜中做花样，在煎炒烹炸上做花样。这其实就是酱，就是市井民间里老百姓的滋味和活法，樵苏舟子，贩夫走卒，即使再贫寒的人家也一样有富贵梦想，在一茶一饭上有着自己的花样。上海人做衣服，以前会做一个假领子，看上去就像是穿了一件真的衬衣。如果把衣着看成一道菜，那么假领就相当于酱，在贫苦素简的年月里，是它点缀了穿戴，赋予生活本身一种特别的意味。小时候过年，年关前家中蒸馒头，给外婆家、舅舅家送的大馍，顶上要放枣子，枣下是用筷子在几块面上轧出的花，寓意是绿叶红花，这其实也是一种"酱法"。各地的发音，今天只有粤语最接近于唐音，在粤语中"酱"表示是"很好"的意思，大概也即是说，只要有酱在，就能在一日三餐里翻出新花样，纵是再普通的食材，只要有酱心在就能别具匠心，摇曳出一番新的风姿。

中国是酱的发源地，距今已有上千年的历史了。传说西王母下人间见汉武帝，告诉武帝说神药上有"连珠云酱""玉津金酱"，还有"无灵之酱"，于是就说酱是西王母传与人间的。张岱的《夜航船》里说，有巢氏教民食果，燧人氏始钻木取火，作醴酪，神农始教民食谷，加于烧石之上而食。黄帝始具五谷种。神农的独生子开始种庄稼，教民食蔬菜瓜果。燧人氏作肉脯，黄帝作炙肉，成汤作醢，醢就是最早的酱。做法是，先将新鲜的好肉研碎，用酒曲拌匀，装进陶罐，以泥封口，在太阳下晒 14 天，待酒曲的所味变成酱的气味，就可食用。这种肉酱当时称为"醢"，又称为"橘"，被奉为美食。到了周朝，人们发觉凡是草木之属的都可以做成酱，于是酱的类开始繁衍庞杂。但事实上，据说在最早的某个阶段，底层社会中的人是很少能吃到酱的，因为酱是一种贵族食物，而且在贵族阶层的膳食中酱是作为主食的，只是后来才在底层社会中传播开来。从贵族阶层的特享之物，一直到成为市井民间餐桌上的寻常饮食，酱的演变也即是时间和历史本身的演变，酱法也即是中国民间社会本身的跌宕自喜。

"食不厌精，脍不厌细。食饐而餲，鱼馁而肉败，不食。色恶，不食。臭恶，不食。失饪，不食。不时，不食，割不正，不食。不得其酱，不食。"这是孔子在饮食上的讲究，也是一种中国传统饮食方式的讲究，不得其酱，不食。酱，虽然现在还有，虽然现在每个人也都还在吃，但是已经很少有人会做酱了，也很少有人做酱了。即使做，也是做一些草莓酱、苹果酱之类的西式水果酱。传统手工业意义上的酱，到了今天已经变成了一种现代工业意义上的产品，原料，配料，工序，流水线，规模化，大批量生产，然后被一罐罐输送到千家万户的餐桌上。但是说实话，这样的酱我是不怎么吃的，因为它与过去的味道相差太远。事实上，如果你对过去的酱还有一种味觉记忆的话，你也会觉得这样的酱完全不算是酱。还是很多年以前母亲酿的豆瓣酱和西瓜酱好吃，这倒不全是移情作用，也不全是因为配料好，而是那样的酱来自某种手工制作的温度，来自食物本来的滋味——最有滋味的东西其实也都来自于自然，来自于阳光、空气、水分、植物和时间。当然了，酱之不酱，不单单是酱自己的命运，同时也是从农业社会到工业社会和后工业社会人类生活本身的命运。在心意上，既然我们对过日子都不讲究了，又怎么可能讲究酱呢？所以今天的饮食没有滋味，是因为我们的心头首先就欠了一味。

佐料之道

我喜欢去菜市场，每次去菜市场，我徘徊留恋最久的一定是卖花椒、八角、茴香、桂皮、香叶、枸杞的小铺子。即使什么都不买，就是看看那些佐料或者抓一把闻闻，也觉得是好的。事实上，我在菜市场经常会买一些日常生活中并不一定会用到的佐料，把它们放在小罐子里存着，仅仅是藏着，等到想起来的时候闻闻。我喜欢它们的味道，我更喜欢的是没有来由地打开柜子，打开盛放它们的小罐子的盖子闻闻那种味道。我不知道这算不算一种怪癖，但我想这可能跟我从小习惯了它们的味道有关。

在我才三四岁的时候，我父亲就是附近乡间里远近闻名的厨师，谁家的红白喜事，都不会少得了他。我每次早上起床，父亲就已经起来多时了，他给我穿衣服，我靠在他胸前的，那衣服上就散出一股好闻的佐料味道，既有佐料的味道，也有葱姜蒜的味道和伙房里那种混杂在一起的味道。父亲白天在事主家忙活一天，晚上回到家，已经是10点之后了，他要把次日用的料备好，该下锅炸的炸好，该用蒸锅蒸的蒸好，所以每次回到家，他身上就有一股很浓的伙房里的味道。不知道为什么，也许是亲情之故，也许是熏染之故，我对那味道有一种偏爱，总要闻到之后才能安然入睡。父亲一早出门，于我就像花神出游，晚上回来就是为我归位。因了这些从小的经验和偏好，我对各种佐料心心念念。

有很多人吃饭时比较挑嘴，不喜欢刺激性的配料，从来不吃葱姜蒜。我则完全相反，我最喜欢的其实就是这种边角配料的味道。应该说，葱姜蒜是饭菜中最打底的滋味。平日家里炒菜，习惯在炒菜前将葱和姜切碎，一起下到油锅中炒至金黄，行话称之为"爆香"，然后再将其他蔬菜下到锅里翻炒，这样炒出来的蔬菜非常香，一屋子满满的都是热烈的、盛放的、逼人的香味，青菜放进去，在这样的味道里浸润，每一根都变得有滋有味。以前我家里做清汤面时，会用小葱做伴料，是那种半尺来长的小葱，细细的。面还在锅里煮的时候，就先把小葱切成碎段，放在碟子里用芝麻油和盐腌起来，等开锅时撒进去，那种油盐浸到葱段里的味道，鲜香夹杂一股辛气，最是可口入味，因为是清汤，所以更是衬得它有味。日本料理中也有这种用法，比如味噌汤，碎葱段也是不可缺的，可以提鲜，可以增香。

以前住在农村，我家田里夏末会种一畦葱，天降甘露，再施以农家肥，一两个月就可长成绿绿的一大垄，这是小葱，时时摘来吃。大葱是另外一种，葱白尺许长，冬天里就埋入地窖里，或者厚实耐寒的土壤里，一捆捆地排着，炒菜炖汤烧肉剁饺子馅儿都要用到，一直可以吃到来年四月间。跟现在的葱不一样的是，那时的葱个头都比较小——即使大葱，但是味道浓烈，远比现在的葱有一股野味；今天的葱多是大面积种植，有各种化肥养着，个头巨大，不过味道却不足了，很难再有那股子野味。

跟葱一样，家常做饭蒜和姜也离不开。蒜蓉炒青菜最好吃，也是在油锅里把蒜末煎至微黄，再下入青菜，用大火热油烹出来的蒜香比葱香味更浓郁，因为蒜的味道本来就重，生吃时口鼻里一天都是消散不了的味道，人前言谈时极为不礼貌，然而乡下无碍，捣碎成末的蒜泥蒜汁，是上好的冷拼调料，无论是浇盘还是蘸着吃，都极为爽口。我家乡有一种吃法，是用白水煮好的鸡蛋切成块，浇以用芝麻油和盐调好的蒜泥，简单素朴地做出来，吃起来简直是人间至味。其实，蒜不但可以作为配料使用，也是可以作为主料的。以前，我家每年都会腌糖蒜和腊八蒜，糖蒜要用红糖、白醋、清水、盐和酱油腌，浸泡半月余即可，腌出来是半透明的，有红糖和酱油的深红色，糖蒜的蒜皮也可吃，亦酸亦甜，也解腻也祛腥；腊八蒜是冬天腌的，一般选在阴历腊月初八，用料比糖蒜简单，唯醋和蒜瓣，把它们放到密封的罐子里，封口放到屋内阴凉处，腌好后蒜瓣儿通体碧绿，所以在我老家都叫它绿蒜。糖蒜不辣，绿蒜辣，仿佛融进了十冬腊月的萧瑟和冬寒。农村人吃蒜，至今还是生吃的多，吃面、吃包子、吃饺子都就生蒜，我也爱这吃法，吃生蒜的人有脾气，故此我至今倔强。蒜越大其实越不辣，尤其是一瓣瓣的大骨朵儿蒜，味道较淡，反而是小蒜瓣儿辣，老人常说"葱辣鼻子蒜辣心"，辣心就是灼烧了胃粘膜。蒜中以独头紫皮蒜最辣，汁液也最丰裕，一瓣独头蒜可抵其他一头蒜的辣，蒜是越辣越好。

我小时候不爱吃姜，但是感冒的时候，父亲会煮一大碗姜汤，好生哄劝着给我灌下去，驱一驱体内的寒气也就好了。这是我对它最早的记忆，随着年岁渐长，我才知道它的特别之处。姜的特别，首先在于它这个字。古人造字有指事、象形、形声、会意、转注、假借六种，然而"姜"字却不在此解，"姜"从羊从女，羊为驯顺，驯顺的女子为美，古代姜和美一家，却不与吃一家，不与植物一家，这在象形的汉字世界里似乎并不多见。姜的功用很多，除了上面所说的驱寒，还可以去腥、去膻、提鲜、生味，是日常之中最常用的佐料之一，老话说"饭不香，吃生姜"，其功用也就可见一斑。后来我更知道，姜并不是只作为配料，还能单独作为一种食材。很多年前我在广西吃过一种腌姜，用新鲜的细芽嫩姜（可能是子姜）作为材料，放糖，放盐，然后把沥出的汁液滤干，装瓶封好，腌个几天后就可以吃了，生脆鲜嫩，咸中有甜，已经冲淡了姜本来的辛辣滋味，吃完了口齿生香，绵延着一种久长的回味。姜虽好，但是也不可多吃，有句老话是这样说的——晚上吃姜等于砒霜，这也是说它的副作用。

对姜，我们大多见的是姜块，一头头棕黄色的根茎，而对它的生长却不了解。我敢说绝大多数人看到地里的姜时都不认得。姜的叶子是长条形，开麦穗一样的花，它跟土豆、红薯、萝卜一样，我们见的多是果实，平时又不耕作，所以即使走到它们跟前，也一样不辨菽麦。然而，唯是这样的食物最好，既可得水土之力，又接风饮露、吸雨承阳。葱姜蒜是基本佐料，一般人都不会生疏，然而对于其他的作料却多不相识。我本也应如此，只是因为父亲做厨师之故，家中多备一些八角、香叶、桂皮、花椒、党参、黄芪、甘草等，所以我即使不下厨，慢慢也耳濡目染，对它们有一层亲近和熟悉。

八角又叫大料、茴香，秋冬之季成熟了摘来晒干，会变成红棕色或者黄棕色，闻起来，芳香中带着一股甜味。有一段时间，我做什么菜都会胡乱放几块八角。以前在北京的时候，有个朋友跟我一起住，我每天做饭，朋友有一次跟母亲诉苦说："东林做什么菜都放八角，炒鸡蛋也放八角！"其实，这并不是说我不会炒鸡蛋，而是我喜欢八角的那种味道。炖肉时是一定要放八角的，它能除去肉中的臭气，使之重新添香，所以才叫茴香。我记得小时候，父亲炖肉时总要放一大把八角——在地锅里煮鸡或者大肉，我就在灶前烧火，等水滚过三巡，锅中鼎沸已极，那种扑鼻的香味即从锅盖的缝隙里喷涌而出，呈一条细浓细浓的白线，闻上去甚至比吃肉时的那种香味还要香多了。十几年前赶上禽流感那一段，民间传言说八角能抵御禽流感，所以当时以八角为原料提取莽草酸的药物"达菲"在欧洲近乎脱销。是否真是这样不得而知，但我们从小吃惯了八角的人想必也得益于它这不为人知的功效。

除了八角这种大茴香，还有一种小茴香，形状很小，就像晒干的麦粒般大小，可以包包子和饺子，茴香馅儿的饺子让人百吃不厌。小茴香还可以做鲫鱼汤，既去腥，也提鲜。只是我不大用小茴香做菜，因为小而散，落在汤汁里很难剥离，很容易咬中。唯是它的黄花可爱，星星点点的，在绿丛中最亮眼。

花椒我以前不大吃，因为太麻，吃了一颗口腔里就会麻麻的、凉凉的，半天都消不去。花椒是以前的贡椒，自唐代就开始入宫，可知其味道的高贵。今天川菜的百味千重，更是取自花椒的"麻"字当头，而若要得正宗的川味，这花椒又必要出于汉源，所以花椒精贵从此可知。我家院子里种过一颗花椒树，夏天里别的树生蚊虫，唯它无虫敢近身，因为味道重。花椒树抗病能力强，耐寒又耐旱，只是不耐涝，根稍稍有积水就会淹死。它的隐芽长寿，强修强剪都没有问题，只要阳光照得到，就能长出来。山上的野花椒果实极小，但味道最浓，野炊时若无佐料，只要能折得一串野花椒也能滋味全出，香飘四野。

香叶偶尔也会用，尤其是炖肉时，不过我父亲用得少，因为它的味道太重了，寥寥几片就能够带来很浓郁的味道，不但会遮蔽掉肉的滋味，也会掩盖其他作料的味道。后来我见过香叶在树上的样子，它是月桂树的叶子，刚摘下来的新鲜香叶味道是苦的，晒干之后苦味就淡了，也就沉淀出了香气。不过，在我小时候是很少见到这种佐料的，那时候翻箱倒柜地找东西时，偶尔见到这种用报纸包着的一包叶子，我本来以为是杨树叶，后来见父亲做菜时常常拿出来几片，我才知道那也是佐料中的一种。

中国人讲究药食同源，做菜用的佐料，同时也大多都可以入药。蒜能消炎，姜能驱寒，花椒能祛虫，一味都有一味的功用。尤其是中医里治慢性病，光吃药不行，还要讲究食疗，在一日三餐中就能祛病，想必这也少不了佐料之功。有一段时间，我堂哥跟着我祖父读私塾时的同学学中医，那个老先生是附近知名的中医先生，他在林场中盖了三间茅草房，一进正门的柜台后面放着几十上百个小抽屉，每个抽屉里都有一味中药，外面贴着白色标签，标签贴着老先生考究的毛笔字，到了抓药时，他就用一杆精致的小秤称量出几两几钱。在那些药材中，我经常见到跟我父亲做菜时一模一样的佐料，这是黄芪和党参，那是甘草和枸杞，那时候，我还很好奇怎么他药铺里的和我父亲伙房里的是同样的东西。

有一段时间，我还浪漫地想去当个采药人。在桂林时，我在山上经常遇到采中草药的老汉或妇女，他们的身手都极为矫健，在乱石纵横和荆棘丛生的山野里如履平地，可以从成千上万种植物中，采摘到救人一命的几片树叶或是挖出一段根茎。我认识一个女江湖郎中，家里堆满了半屋子草药，都是她上山采来的，因为父亲传下来的手艺丢不得，女儿又在外读医学院，她就只好自己去采，风里雨里都是自己。桂林的山多不高，尖而秀，然而植被却很丰茂，她背着一个竹篓，带着一条狗上山，一寸寸地摸索着山间沟壑，辨认寻找着拯救生命的力量，采摘天地间的灵气。她看病不用听诊器，也不用 B 超和核磁共振，而是看面部和舌苔，她的药也都很有效，一剂见轻，二剂更轻，三剂可消，即使除不了病也能减轻病痛。这既是她的本事，也是她借用的山野的本事。而真正到了病入膏肓、药石罔效的地步，也不怪罪于药和她，是因为病者的造化和命运，是病体到了无医可治的地步，那是生老病死的循环，是另一种自然的力量。其实，自然是可以自己调和的，一物降一物，万物可解万物，每一种生命都咬合着另一种生命，彼此结成环环相扣的链条，所以即使病了，也不觉得惧怕，因为可以结，也可以解。

一种明显的感觉是，我们今天吃的佐料，其味道已经没那么正了也没那么足了。这或许是因为人工种植之故，大面积育种，大面积播撒，一味地为了更多的产量，一味地为了更短的生长周期，完全不顾水土好坏和它们自身的物种属性。这样种植出来的佐料，跟原先自然生长出来的佐料完全不一样，也不光是佐料，现在土地里种出来的东西很多也都是这样；再比如说药材，有一句广告语是这样说的——"药材好，药才好"，这或许就说到根本上来了。现在很多人频频质疑中药，依我看倒不全是中药本身的问题，更有可能是现在的水土不行了，空气也不行了，又加上滥施化肥和农药，这样种出来的药材怎么能有效呢？要知道，土地里自然长出来的才是最好的，因为那出于天然。在安徽淮北读大学的时候，我经常去爬学校后面的相山，爬到坑洼崎岖的山坡上经常可以见到一两棵酸枣树，枝头挂的山枣已经风干了，个头非常小，但是却极甜极酸，那样的酸和甜就源自于那样崎岖坑洼的山坡，源自于那样的自然风雨。确实是这样，蟠桃园里的桃子好吃，但那也是要三千年才开一次花、三千年才结一次果的，否则就不会有那样的味道——这也就是道法自然，自然和道是不会变的，只有人才会变。

疼痛记

我小时候很笨，到两三岁才学会走路，学会走路了，却还没学会说话。后来我的脖子里生了一个疮，有鸡蛋那么大，疼得我日夜号哭不止，吵得母亲也睡不着觉，就抱着我哄来哄去，很多个晚上她就是这么熬过来的。到了疮开始化脓的时候，父母就带我到隔壁县城的医院开刀，一刀下去，在脓流出来那一刻，我才喊出了第一句话："妈！"疮在形成过程中并不怎么疼，或者说那是一种隐疼，还能忍受过去，而疮长成后化脓的疼才是极点，尤其是用刀去划破红涨的表皮逼出脓来，有一种要死的疼痛。后来读初中时，我还生过一次疮，是在背上。一开始是隐隐的小疼，后来每天增加一分，你能感受到疼是在生长的，随着时间一点一滴生长。疮生在背上，睡觉时最苦，躺下去会有一种压迫的疼，所以我每次都趴着睡。后来疮熟透时，父亲用针去刺破，我才感觉到疼是一股股流出来的，那种疼快乐而轻松，因为马上就不疼了。

从小到大——至少在十五六岁以前吧，我身上一直小伤不断，不是削苹果、切菜时划破了手指，就是穿针引线时把针刺到了肉里，或者是被砖头砸到了指甲，放爆竹时崩到了手；再或者就是赤脚去河里捉鱼，双脚踩进淤泥里，也经常会被淤泥中的碎玻璃、铁钉或者其他什么东西划破，当时一点也不疼，或者感觉不到疼，等提着鱼在路上走时，阳光晒得温热的土路上染上一条血迹，才发现是脚破了，才会隐隐地觉得脚板疼，这是疼痛的后知后觉。还有一些时候，是在油菜花地里捉蝴蝶，或者爬到果树上折花摘果子，也经常会被蜜蜂蛰到脖子和额头，当时也都丝毫没有察觉到疼，等到肿起一个包有点痒时，才感觉到疼。不过那也谈不上什么剧疼，而是痒痒麻麻的那种疼，就像是拿针尖在肉里拨弄。初被蜜蜂蛰到时应该也有痛感的，但是因为正在爬树，正在追逐蝴蝶的影踪，正在担心从树上一脚跌下来，所以也感觉不到疼。

后来才知道，疼和疼是不一样的。针刺的疼、刀子划破的疼和钝器砸出来的疼，以及放爆竹时崩着手的疼，疼法完全不一样。针刺的疼是尖的，带一点痒和麻，就像扎到了骨头；刀子划破的疼是横切的，面积大，不像点的疼痛，而是面的疼痛；钝器砸出来的疼很不爽利，是肿胀的、饱满的疼，让你四顾茫然；爆竹崩的疼是暴烈的、瞬间的疼，乡下叫"生疼"，生而且涩，表面无一处伤口，却一只手掌都在疼，像要裂开。疼痛研究国际协会下过一个定义，说疼是与实际或潜在的组织损伤相关联的不愉快的感觉和情感体验。疼是一种情感体验，一种主观感受，如鱼饮水冷暖自知。我所经历的疼痛，如今已经成了对疼痛的记忆，它们镌刻在我皮肤和心底的最深处，隐秘而又复杂，山重而水复，层层叠叠地堆积如山海，丰富着我身体的敏感细腻。佛家说，肉身皆皮囊。对我来说，这个皮囊是一个容器，里面装了小时候的许多疼痛。

在级别上，疼痛可以分为 10 等，每一等对应一个疼痛度：不被注意的痛，如蚊虫叮咬；刚刚注意到的疼痛，如打麻药后准备做手术；略弱的痛，被小刀划伤；弱痛，如打耳光；轻度痛，如撞门上，或被夹一下；中度痛，如肚子痛；强痛，如被棍棒殴打；剧痛，如痛经；很强烈的痛，如颈肩腰腿痛；严重痛，如断手割肉；极剧烈的痛，如阑尾炎痛；最后是难忍的痛，如分娩。据说还有一种三叉神经痛被称为"天下第一痛"，痛起来几乎要人性命，分娩的痛跟它比起来也是小巫见大巫。这些疼痛，有的是显露的，有的是隐然的，有的是能忍受的，有的则忍受不了。它们攻守兼备，在你身上排兵布阵，你进它退、你驻它扰、你疲它打、你退它追、你明它暗，组成了一个疼痛的沙场八阵图，让你一次次地、一层层地体验着疼痛的噬啮和撕咬。

作为动物的一种，人类可能也会有一种受虐的天性，有时候会想去体验和享受一下疼痛，在那种轻微疼痛里你会有一种突破性的快感降临。这些明明暗暗、暗暗明明的疼痛，就像我们人生里的迷和执念，当时你不会觉得它们是疼痛，是贪嗔痴，是执念，直到你遇到更大的、撕心裂肺的疼痛，才会一时开悟，突破原来的迷误和迷思，找到生命中的一个提醒和一股醍醐灌顶的清流，唤醒自己的觉性，让自己意识到自己的肉身，意识到某一个部位的存在，才不至于时时昏沉和麻木。我们每天用鼻子呼吸，用手拿东西，用脚走路，在这种日常的、重复的、天然的惯性里，你会意识不到鼻子在呼吸，意识不到手和脚的重要性，而一旦感冒了鼻塞，呼吸发生困难时你才觉察到鼻子是用来呼吸的，手脚受伤不能动弹时，你才知道它们那么重要。

疼痛也是这样，让你在惯性中突然产生一种自觉和醒悟：原来自己的身体是这样的身体。

身体的疼痛可能是因为某个部位生了病，引起了身体系统的不平衡，提醒你多加注意，这是一种身体觉性；而人生的疼痛，则多源于尘世的纠葛和爱恨，很多时候其实也是在提醒你，人生到底是所为何求？

和合二仙，很少人知道他们为什么出家。相传在北国的一个村庄，有年龄相仿的寒山和拾得二人，虽是异姓人家却亲如骨肉兄弟。寒山稍长，与拾得喜欢上了同一个女孩，双方都不知道对方也喜欢她，等到拾得与那女孩要婚嫁时寒山才知道，于是他离家去了苏州的枫桥削发为僧。拾得也因此之故舍下那个女孩去寻找寒山，探听到寒山的住地后，他折了一只荷花前往见礼。寒山见拾得前来，急忙捧出饭盒迎接，二人相见后喜极而泣，拾得也廓然有悟，遂跟寒山一起削发为僧，这也就是张继《枫桥夜泊》里那座寒山寺的来源。以前的婚礼中，常常在中堂里挂寒山、拾得的像，绘成蓬头笑面的两个人，一个手持盛开的莲花，一个手捧有盖的圆盒，取和（荷）谐合（盒）好之意。世间用这样的方式，为男女寻找圆满的归宿，但寒山和拾得，却在爱情的疼痛中悟了道，意识到肉身和尘世姻缘的藩篱，知道在男女私情外还有更广大深远的道可以追寻，所以都离开那个女子，离开那段爱情的疼痛，在幽山茂林和黄卷青灯中暮鼓晨钟。以后身体疼痛，或心里受伤时，也许我们应该去直面疼痛、注视疼痛、体味疼痛，在那些疼痛里隐藏着一股觉醒的、觉性的力量，它来自我们的身体和损伤的部位，它会带着肉身在凡俗世界里有一种超越。

　　一个能感受到疼痛的人是值得祝贺的，他至少知道自己没有被欺骗——没有被身体或者被心理欺骗。事实上我们都难逃两种疼痛，一种是身体上的，另一种是心理上的。身体疼痛是一种具象的疼痛，它清晰而确定，可触可摸。面对这种疼痛，你可以包扎或吃药，把它缓解、转移和麻木。而心里的疼痛，则是一种深入心底和骨髓里的痛，它像痒一样让人难忍难耐，同时又比痒更深入到肌理之中；像针扎和锥刺一样剜心，却又比针扎和锥刺更持久。应该说，心里的疼痛超越了任何一种身体上的疼痛，让你辗转反侧，让你踟蹰和徘徊。身体的疼痛，尚可以好了伤疤忘了疼，然而心里的疼痛即使痊愈了，你再回想起来时一样会远望惆怅，寸断的肝肠永远难接续。心绞痛已是大痛，然而比起心绞痛，心痛还要痛上一千倍、一万倍。

多少年后回头看，你会发现其实我们早已经忘记了很多身体上的疼痛，而记得最牢、感受最深的却是心里的疼痛，心痛才是人之为人的一种亘古的疼痛。现在很多人玩木器，比如金丝楠木，比如沉香木。其实很少有人知道沉香是怎么形成的，事实上沉香并不是一种天然形成的木材，而是沉香树在生长过程中，树心受到雷击、风折、虫蛀或真菌感染，会分泌一种带有浓郁香味的脂，经过几十上百年的沉积、融合和凝结，和沉香木形成一种混合的、大密度的材质，就是沉香，可以被用来雕刻成饰品、用作熏香燃料或提取香料。沉香的香味很淡，很清幽，是一丝丝散发出来的，睡觉时放在枕头边，半夜时分会有一丝丝香味钻入鼻中。沉香的香味其实就是一种疼痛所致，是沉香树自救疗伤之时流出的泪水、情绪和体液的味道。

如果感受不到疼痛了，那么说明我们的心已经变得麻木迟钝了，丧失了最初的那份敏感和敏锐。而一旦心里有了疼痛，我们才会有泪水，才会分泌激素，让你感受到爱与恨的百转千回和缠绵悱恻，感受到一种细腻和精致的纠结体验。我们常说"哀莫大于心死"，其实心死和心动只是终点和起点，是最终不相认和最初刚相识，最值得玩味的是分手时的回头，那才是最绝情又最动情的时刻。泪水和激素，绝情和动情，其实就是我们在疗心愈伤时散发的一种沉香。这种香，在经过岁月人生的发酵陈酿之后会迷倒蝴蝶和蜜蜂。

　　在人生中，痛也许不是坏事，有痛才会有水远山长。我的朋友、古董收藏家欧阳欢，是个天生的浪子，但是浪子不是无情，也不是没有疼痛，而是封存窖酿起来了。他和女朋友李小姐，分分合合多少年，最后一别，只是他斜躺在床边，李小姐走过来亲了她一下，便提着包离去。从此到今天，两人便再无联络，也再无音讯。有一次我问欧阳欢，有没有打算什么时候再跟李小姐见见面，他淡淡地说："等七老八十的时候吧，现在都忙，见了也没什么意思，也不能改变什么，老了再见个面吃个饭，还能缅怀一下年轻的时候。"李小姐是北京人，出身书香门第，父亲是大学教授，她苦等欧阳欢十几年，后来在日本和香港做珠宝生意，7年前她从日本去香港，在广州停留过一晚见欧阳欢，我与之有过一面之缘，一身黑衣，气质绝代。她本可嫁作他人妇，却偏偏于大学毕业后，喜欢上了高中毕业、走南闯北、才情横溢又商海浮游的欧阳欢，从此便情海里波浪滔天。就像张爱玲最后一次写信给胡兰成："我已经不喜欢你了，你是早已不喜欢我的了。这次的决心，是我经过一年半的长时间考虑的。你不要再来寻我，即或写信来，我亦是不看了。"胡兰成复信说："梦醒来，我身在忘川，立在属于我的那块三生石旁，三生石上只有爱玲的名字，可是我看不到爱玲你在哪儿，原是今生今世已惘然，山河岁月空惆怅，而我，终将是要等着你的。"张胡之恋，谁负谁且不论，但这样的内心之痛沉淀出了永远的民国之恋，酿就了他们后半生的痴缠相望，他们的心头虽然都有爱情的愁苦，但苦会生出香，有咀嚼、有反刍、有回味，有细嗅、有绵延、有空余，香自苦来。

爱情的疼痛只是人生的一部分，是某个年龄段里必须经历的过程。而比它更大的、更宽广的疼痛，则是生病的痛、挫折的痛、失败的痛和生死的痛。譬如生病，如果我们只把生病当成是一种生物学、病理学意义上的痛，只是为身体和疾病本身疼痛，而没有把它当成一种生命、命运和劫难般的疼痛，其实是矮化自己，铺展不开人生的幅度。再譬如人生苦难和成败，那种痛其实大有必要，虽然人生不是为了艺术，但是李后主和宋徽宗不亡国，便不可能把血泪滴到词和画里。米兰·昆德拉在《生命中不能承受之轻》中，写了一个在布拉格受尽国事之重的人，每天都感受到压迫、窒息、紧张，他到了国外之后日日侍花弄草、风花雪月，这种轻飘和轻忽让他受不了，使他从一种深渊掉到另一种深渊，成了一种不能承受之轻。其实他的重就是一种痛，只有在那份痛里他才能安身立命。或许，人生就是一个沉重的疼痛，因为疼痛所以真切，一旦解脱了，即使每天都春满枝头、鸟语花香，你也不会觉得人生是香甜的，而是一切都缥缈无助起来。

我小时候性格很倔强，那么小的年纪也不知哪来的面子和尊严，要去忍受这种疼痛，去换取所谓的尊严和面子。父亲当年打我的时候，有一次曾经把一只鞋底都打裂了，我痛得虽然钻心入骨，却不喊一声痛，不说一句求饶，任他打，即使奶奶在一旁求情，我也依然纹丝不动，为的就是那幼小的、浅浅的、也许是前世带来的脸面。多少年后才明白，我是想用那种痛，那种不逃避、不躲让，去表达一种不认错和不服罪，去让他知道冤枉我了，我是清清白白无辜的。我想说的是，这种疼痛其实已经在悄然之间发生了转化，它从一种具体的身体的疼痛转化成了心里的疼痛，转化成了我们借助于疼痛所能达到的某种认知。

我不知道是不是可以拿来做类比，但我觉得有某种同理性的地方在于，某些修行方式似乎也是借助于疼痛来实现的。有一年在成都，一个朋友教我学打双盘。打过双盘的人都知道，第一次打会非常痛，事实上我打3分钟就打不下去了。第二天咬牙坚持，打了50分钟，等放下来后两只脚几乎没有了知觉，麻木，酸痛，这种痛是因为气脉不通。后来的一段时间，我每天都打20分钟双盘，那种痛越来越深入，越来越蔓延，让你六神无主、不知所措。为了克服这种疼，我每次都抽支烟、听首歌，或者翻一本书，借助于转移注意力去缓解疼痛。据说打双盘的疼痛是终生的，有个证道多年的老和尚说，他一辈子打双盘坐都是疼的，因为每天都会见到不同的人事，心底会生发出新的杂念，而打双盘就是要在不断的疼痛、酸痛、肿胀、麻木之中求得对杂念和欲望的摒除，求得内心的宁静，在痛中去打通气息，把淤积多年的茅塞一点点剔除。

从生理上说，疼痛是一种主观的情感体验和心理感受，如鱼饮水，如花临风，所以对疼痛的反应也不同，关公可以刮骨疗伤、谈笑自若，而很多女孩子却打针都会哭。疼痛正因为难以忍受，所以才被赋予了一种超越肉体、超越疼痛本身的意义。关羽被一支飞箭射中，贯穿左臂，后来伤口虽然痊愈，但每逢阴雨骨头就疼。华佗对他说："箭头有毒，毒已深入骨髓里，应当剖开手臂打开伤口，刮骨头除去毒素才可痊愈。"关羽便让他刮骨，他则和诸位将领围坐在一起喝酒，手臂鲜血淋漓，漫淌出盛血的盘子，然而他依然割肉喝酒，谈笑如常人。在我们看来，关羽的行为绝非常人所能为，那样的疼痛几乎不能忍受，所以关羽才能成为关公，才能在三国那样的乱世成为义的化身。关羽最讲义气，至今还有很多帮派和组织在敬他的神位，拜天拜地拜关公，歃血为盟，用刀在手指上割破流血到酒里，以喝血酒的方式表示忠诚和义气。

小时候，父亲用鞋底抽打我的屁股，有时候打得皮开肉绽的他也不停手，而母亲在旁边看了，一边气我的顽劣作为，一边也心疼得直落泪，但也不劝阻。我趴在凳子上，疼得眼泪都落了下来，为了争一口无谓的骨气，强忍着不求饶。在12岁之后，父亲就不再打我了，我也从先前的顽劣一改为安静，成为一个温和而寡言的孩子。不知道是什么动因，让我有那么大的转变，然而我却永远记得小时候被打，记得屁股疼的那种感觉，那种痛让你痛不欲生，再忍受一下都不行，但我还是忍了下来，让我每每想起还会觉得痛，还会想起当初为什么挨打受惩。今天的学校不再允许体罚了，这看似是一件进步，但是我却产生了另外一种怀疑，俗话说得好——棍棒底下出孝子，学子其实也一样。以前的私塾，不好好读书了，或者背不出课文了，要挨先生的戒尺打手心，十指连心，打手是最痛的，鲁迅的《从百草堂到三味书屋》里就有，我小时候演板做错了或者默写不出字词，老师也会拧耳朵，耳朵像手心一样，拧一下也是钻心的痛，但是那种痛却让你有一种记性，有一种动力，来抵抗自己的懒惰和不用心，抵抗自己年少的散漫和不求上进。

有个故事是这么讲的：说有一条鲤鱼，在跳跃的时候，不小心掉到了堤岸上。不管它怎么努力和挣扎，都没有办法让自己回到河里，它终于精疲力竭了，放弃了努力，绝望地躺着等待死神的来临。这时，过来一群蚂蚁，在旁边议论纷纷，都认为鲤鱼是必死无疑。"这不一定。"一只小蚂蚁插嘴道。"我们能让它回到河里去。"蚂蚁们一脸惊讶的看着它，它不慌不忙地说："我们不是驮它，而是咬。"蚂蚁们觉得挺有意思的，所以就开始爬上鲤鱼的背上，使劲去叮咬鲤鱼。而鲤鱼痛痒难忍，不自觉地弹跳起来了，不一会工夫，就蹦回了河里。很多时候，我们其实就是那条鲤鱼，因为长时间在闲散、安稳、温柔的状态里，当遇到挫折和苦难时，怎么都不能挖掘出所有的潜力空间，而只有在外力提点下，或在刻骨铭心的刺激下，我们才会如鲤鱼般跳跃而起，把疼痛转化成动力。疼痛是一种生理经验，同时也是人生经验，比如疼爱、疼惜、痛失、痛快，生理上的针刺般的感觉转化成了一种情感上的深入。譬如当我们特别爱一个人时，其实心里并不全是暖，也不全部是幸福，而是有一丝丝疼，这种疼包含了不安、忧患，也包含了用心和寄托，这种疼是从心底生出的。因为这种疼痛，我们在爱对方的时候，才会更深入细致，也更深沉。

颜真卿的《祭侄文稿》被誉为"天下行书第二"，但是少有人知道他是在什么心境下写的，他的字和痛又有着什么关系。颜真卿写这篇文稿时 50 岁，已是知天命之年，抚今追昔，他想到年少时聪明有为的侄子，想到"孤城围逼，父陷子死"的哥哥一家，多少疼痛、惋惜、悲愤交织在胸中，借着一支秃笔倾泻而出，每一根线条和点画都包含着极深的情感，每一次涂改删减都是挣扎动荡的，甚至到最后结尾的时候，那一行字都写得歪歪扭扭，那里面都是情感。就像王羲之写"天下行书第一"的《兰亭序》，要借助酒力发作后的一种放松和散淡，才能把字写得那么行云流水一样，疼痛就是颜真卿的一种曲水流觞，在疼痛状态下他的笔下才能比平时硬的文字中多一种润泽，多一份情感，每一个笔画里面都像是有疼痛在其中流淌着，痛惜侄子颜季明的聪慧秀气和英年早逝，痛惜哥哥一家老小被杀死。

且不说颜真卿那样心里的疼痛，单单就身体的疼痛来说，以前的那种疼痛似乎也已经离我们越来越远了。时至今日，随着生活条件的改善，我们再也没有机会——也没有必要——去专门再经历一番那些疼痛了，孩子没有跌倒，没有挨打，没有在树林里赤脚走路被碎玻璃和葛针扎伤。于是乎，我们在情感上也是轻飘的、麻木的，再没有那种忧伤和心碎，而是伤痕轻易就被时间和距离抚平，内心已经自己计算好了付出和回报。我怀念以前的那种疼痛，那是一种切实的、跟血肉跟内心结合的疼痛，而今天的疼痛则是飘忽而虚无的疼痛，甚至是一种虚假的疼痛，就像近视里有假性近视一样，我们关于疼痛的感受也是假性的，是用来讨好自己的良心和道德的。以前的疼痛可以转化成内心之痛，而今天的疼痛已不能内化到骨肉深处，而只能是转移到他处了。我不止一次地想，如果再挨父亲一次打就好了，或者再被老师打一顿手心就好了，那种疼痛会在心底蔓延开来，将身上的疼痛觉性都调动起来，而事实上那正是我们最缺少的。

一寸肌肤一寸心

有一年深冬之际，和朋友去桂西北一带游玩过一趟。一天下午，我们行至天峨县的红水河一段，因为导航信息不准，结果糊里糊涂地拐进了一个叫纳鲁屯的地方。那是山谷中的一个小村庄，几十户人家，一条清澈见底的小河从山谷中流出，在村口处转了一个弯。跟很多空心化的村庄一样，在纳鲁屯也很少见到年轻人，村里只剩下些妇孺老幼。在村里转过一圈，我和朋友就来到村外开阔的田野里闲逛，正好碰见七八个男孩女孩——年龄最大的在 10 岁左右、年龄最小的应该也就五六岁，他们正在一处长满及腰深蒿草的土坡上跳远。无论男孩还是女孩，他们都从四五米高的一处斜土坡上跳下来——比赛谁能跳得更远，跳下来之后又爬到土坡上去接着往下跳，如是反复多次。见我们远远走过来，他们也不怯生，而是一如既往地跳，甚至比之前跳得更起劲了，有个女孩子在土坡草丛中很是跌了几个跟头，竟然又爬上土坡继续跳起来。

接着，他们又打着一种我们小时候也打过的被称为"车轱辘"的游戏，一路打到了小河边——每个人的衣服上、脸上、手上都沾满了泥土，有几个孩子脸上还挂了几道血痕。大为出乎我们意料的是，一眨眼的工夫，他们就在河边迅速脱光了外套、毛衣、夹衣和内衣等等，无论男孩还是女孩都脱得一丝不挂，接着就纵身跳进了小河中。当时正值隆冬季节——可以想象遥远的北国正是一副千里冰封、银装素裹的面貌，纳鲁屯虽然属于南方，当天虽然也算得上晴天，但是温度依然不算高，我和朋友也都是一身冬装，而纳鲁屯这些幼小的孩子们为什么会跳进河里游泳呢？我们都不知道，唯一的解释是他们并不是只有当天才这样，对他们来说，这或许成了一种习惯。他们在河里游了一会儿，并对着我和朋友凑上去的镜头做出各种鬼脸和各式跳水动作。"现在下水不冷么？"我们问。"不冷啊，一点也不冷。"其中一个孩子回答。不冷也许是假的，因为在他们赤身裸体地站在河墩子上往下跳时我分明注意到了他们瑟瑟发抖的小腿和紧抱着胸膛不愿意松开的双手。后来，在其中一个男孩子的母亲来到河边之前，所有孩子又迅速钻出水面，在一座小桥上麻利地套上一层层衣服。最后我们在远处看到的画面是这样的：那个母亲用一根细藤条用力地抽了几下那个男孩——也即她的儿子，他没躲掉，然后就跑开了，和那帮已经穿好衣服的孩子们消失在了草木中。

如果不是亲眼所见，我也难以相信桂西北乡下的孩子们在今天还有着和我一样的童年。或者也可以这样说，他们的童年比我自认为"与自然深度结合"的童年还要更加"与自然深度结合"。在今天，我想很多人应该都很羡慕他们还能够拥有这样的童年经验，而相比之下，与他们同龄的城市孩子们则根本不会也不可能有机会去经历这样的童年。很多年前，在我还处于童年和少年阶段的时候，我经常到村外的一片树林里去，会用手摸那些干枯生涩的树皮，摸那些疙疙瘩瘩的树钉，那种树皮、树钉的坑坑洼洼和粗糙的纹理，会把手掌划得涩涩的、辣辣的，但却很有质感；我还会在碧绿的苔藓上摸那种绿色和阳光照在其上散发出的绒绒的温暖，会摘一片树叶揉碎，看着它的绿色汁液染满手掌，感受那种汁液的清爽、淡淡的冷以及它散发出的气味。那片树林里还有一片沙土，跟别处的土质不一样的是，它没有黏性，也没有土块，而是那种细沙土壤，哪家建房子没有细沙了就可以挖一车代替。那种沙土握在手掌里有一种细软的、温润的感觉，傍晚时分沙土里还有太阳余温，我经常穿一条短裤、赤裸着上身卧在沙土里，细细的沙土覆盖在皮肤上，一点一点地传递着热量，直到沙土慢慢冷去，我才恋恋不舍地把身子拉出来，在夜色中穿着沙土的温度回家去。水的比热容比沙土大，所以吸收同等的热量，沙子冷却的快，而水却冷却得慢，可以藏热。同样也是夏天的傍晚，我们从田地里忙了一天回来，汗水早已和灰尘一起凝结在皮肤上，头发里也藏着各种各样的赃物，就去村里的池塘中洗个澡，那一池塘的水白天被晒了一天，到傍晚还是暖暖的，把全身都包围住，比沙土的热更是无孔不入，让你觉得像婴儿在羊水中。直到今天我还记得皮肤碰到各种各样的水的感受，早上的露水是清凉洁净的，汗水是粘粘咸咸的，从井里打出来的水是刺骨的，小河里的水是流动的、撩拨皮肤的，池塘里的水是安静地包围你的，各种划过我皮肤、到达过我心扉的水，我在心底拥有它们的余温。

很多次，我会打赤脚走在路上、草地里或者树林中，有时候脚底被槐树的葛针扎到，有时候被路上的碎玻璃划到，或者被树根拉到。我就停下来坐在地上，把葛针或者玻璃，从脚底板里拔出来，拔不出来的就回到家，用绣花针的针尖拨出来，疼痛是难免的，但是你能感觉到那种丝丝连心的疼的状态，会感受到皮肤的紧绷和收缩，那是一种疼痛的经验。一般来说，皮肤的感觉主要分为四种，也即触觉、冷觉、温觉和痛觉。从少年的田园世界到成年后的城市世界，我们的皮肤感觉能力其实下降得非常厉害。因为生活条件好了，不会再赤脚在路上走，不会被葛针扎到或被玻璃划到，所以疼痛的经验就少了；不会去玩泥巴，不会去爬树，不会去河里、池塘里游泳，我们的皮肤不再感受到自然的粗糙、细致和冷暖。

在一种主动或被动的生活中，我们不知不觉地把自己跟自然分割开来，不再感受冷暖，不再感受细致和粗糙，不再感受疼痛。空调的使用对我们的冷暖感觉是一大破坏，冷暖的轻易获得造成了我们温度系统的退化。我们已经发现，即使是在再炎热的夏天，我们也不再轻易出汗了；即使是再刺骨的冬天，我们也不会太冷了，因为从一个地方到另一个地方，都是暖气和空调，就连在车上的时候也都是温暖的。夏天不再炎热似火，冬天不再冷彻刺骨，我们四季如春地麻木。我们的触觉在消失，冷觉和痛觉也在消失，如果说还有一些温觉的话，那么我们其实一年四季都处在温觉中，那么这种无处不在的适宜的温度，也让我们对温有一种麻木了。

曾经在网上看到过一则新闻，说日本人为了锻炼小孩子的意志，会采取一种在我们看来未免觉得极端的办法，让他们赤裸着上身在冰天雪地里跑步，在这样的天气里去培养他们的极端品格，挖掘他们的潜力。然而我想的是，这样的方式固然是一种培养，但同时是不是也是一种破坏呢？小时候皮肤的冷暖感觉，其实是一生的感觉，在天寒地冻里建立起来的，应该是一种坚硬和迟钝吧！在我们小的时候，其实人和人的身体接触，是频繁的。长辈们会抚摸你的头；老师会握着你的手写字，那写下的每个字，其实都是通过手掌传递过来的，带着老师的体温、抚摸和用心；父母会把熟睡的你从沙发上抱到床上；你会亲昵地揽着伙伴们的肩；会和邻居牵着手一起上学、春游。但是在长大之后，每个人觉醒的独立意识，会渐渐把这些排斥在外，女性之间似乎还好一些，而男性基本上彼此不会有身体接触，男女的身体接触渐渐成为唯一。

事实上，我们对外界的摄入在感觉系统上是有分配的，在不断的进化和使用中很容易落下一种感官，而过度地开发另一种。比如，皮肤的感觉就是最容易被我们忽略的。有一次我到宁波去，和朋友去看天一阁。在中营巷和天一巷，我们看到很多上百年的老房子，但也都是一些等待着被拆迁的老房子，砖墙斑驳，野草横生，原来住的人家基本都搬空了。那应该是民国年间，或者更早一些时候的房子，基本上都是私宅，上面有宁波市的文物保护单位标志，但也一样被油漆刷上了大大的"拆"字。我自顾自地惋惜，在巷子里、院子里拍了很多张照片，唯恐有什么景致被漏下了。朋友却很少拍照，她会摸一摸那些斑驳脱落的墙壁，会摘一些荒草的穗子和果实。后来朋友问我："你为什么不摸一摸它们呢？拍照是没用的，仍然是隔了一层，只有触摸到它们的温度和纹理，感觉到它们的萧瑟和荣枯，那一刻才是真正和它们在一起的！"我笑了笑，我觉得这话说得虽然矫情，但却不无道理，是啊，从什么时候开始，我的手开始被藏起来了呢？

各种礼仪让我们成为一个个文明的个体，掌握着一副副精准的为人处世法则，小心翼翼地和别人接触，人与人之间，握手似乎成了最简单的、最平常的一种身体接触。但在心底，我们最缺少也最怀念的还是小时候皮肤直接感受到的每个人的温度。看过日本一部叫《入殓师》的电影，年轻的入殓师小林大悟，对每个死者都仔细擦拭抚摸一遍，那些年轻的、年迈的、如花的、苍老的死去的身体都是冰冷的，但小林大悟却用自己的肌肤、温度和用心把干净、尊严和体面给予他们，那是阳间人通过皮肤的力量所能给予阴间人最后的东西，小林也从中感受到了死者肌肤的温度和纹理的变化。

这样的经验，并不是谁都有的。一直到父亲去世，其实我都没怎么真正触摸过他，我对他的触觉的感受，只有小时候他用胡子扎我的经历，和半夜里用蹬出被子外的冰凉的脚搭在他身上的经历。父亲去世前，我握着他粗糙的、温热的手，似乎接通了小时候触摸的经验，有一种安定和温暖。他去世后我没触摸过他的身体，因为不敢，等到最后一次摸到他的时候，已经不是皮肤与皮肤的接触了，而是拿着他火化后的骨殖，一块块撒到棺材里面去。

父亲去世的时候，哥哥是握着他的手的。后来趁身体还有温度、还柔软，是和父亲生前交好的两个邻居，给他穿的寿衣。想起来，我有时候会嫉妒他们，因为他们在父亲从生到死的时候，感受到了他皮肤的从温暖到冰冷、从柔软到僵硬的过程，那曾经是属于年少的我的触觉的经验。而这一切，在父亲把它们都带走的时候，我却没能去亲自地、细细地感受。

在这世间，一个人的皮肤，究竟能感受到多少东西，又究竟能留下多少东西？也许没有人会知道，也许我们在感受的时候，忽略掉了这种感觉，或者从没有意识到这种感觉。

幸运的是，十几年的农村生活经历，都牢牢镌刻在我的皮肤上，至今还留着树皮的粗粝、苔藓的碧绿、沙土的温热、树叶汁液的清冷、露水的冰凉、葛针和玻璃的刺痛和骨头的生涩，还留着小时候爬树时肚皮上的血痕，留着池塘里洗澡时太阳暴晒后的余温。我的皮肤把它们一一收纳过来，精细地、分门别类地贮藏在岁月的方格中，而有一天它们是会苏醒的。

肉身之美

一

首先声明一下，我不是一个具有同性恋倾向的人，所以，以下所说到的关于男性身体的部分，单纯止于一种审美意义上的认识。以前在农村，夏秋时节经常可以见到一些这样的场面：那些在田间地头除草、浇水、打岔、耕地、施肥的男劳力们，大多都是一些精壮的汉子，他们赤膊、光脚、短发，身板结实有力，皮肤黝黑发亮，你会忍不住多看上几眼。尤其是到了农忙的时候，一条长长的乡间土路上，有一个这样的汉子迎面朝你走过来，慢慢走近，擦肩而过，你看着他从身边走过时，甚至能感受到他急促而细密的呼吸，能看到他小腿上浓密的汗毛，能感受得到他宽厚的胸膛、结实的腿部肌肉和发达有力的双臂。那时候的我，还是一个正在成长中的羸弱少年，看着这样的身体总会不由想到自己，什么时候才能像他们一样，拥有这样的小腿和双臂，以及这样的雄性和阳刚之躯？

在阿城的小说《棋王》中，王一生和脚卵去一个画家那里玩耍，画家带着他们去江边洗澡。画家早早地洗完了，就坐在河边画他们的裸体。在画家笔下，他们这些每天在山上劳作的人，矫健异常，众人十分不理解画家为何要画他们，画家说："干活儿的人，肌肉线条极有特点，又很分明。虽然各部分发展可能不太平衡，可真的人体，常常是这样，变化万端。我以前在学院画人体，女人体居多，太往标准处靠，男人体也常静在那里，感觉不出肌肉滚动，越画越死。今天真是个难得的机会。"的确，那样"干活儿"的人体，现在不大能见到了，今天的人体都不是自然的，没有经过劳作和风日的雕刻，有八块腹肌也是健身器材上锻炼出来的，而大多数人的身体在走形、发福、变样。这来自于今天的生活方式，吃高热量食品，出门车接车送，在办公室里一坐8个小时，夜里一两点还不睡觉，我们的身体被现代化生活堆积成了现在的样子。且不说我们的身体美不美、漂亮不漂亮，而是说，很多人的身体已经失去了一种正常的状态，屁股越来越大，大腿和腰越来越粗，肚子上的赘肉越堆越高，力量、速度和结实先不论，单就形状而言，人的身体已经离"人"越来越远了，开始往退化的路子上进化。

看雕塑，罗丹的《沉思者》或米隆的《掷铁饼者》都有人体之美和力学之美，他们的身体干净、简单、流畅，是自然岁月滋养和劳作运动沉淀后的产物，有一种原始、粗野、力度的美。这种美是西方的 physical beauty，是对形体结构、姿态、色泽的美学观察，古希腊人称为"身体美"。中国人对身体很少有美的自觉，也很少用美不美去形容，尤其是对男性而言，我们会觉得身体之美是轻佻飘忽的。相对于身体，我们要求更多的是一个人的灵魂、志向和气节，至于美不美、有没有力道，则没有这样的意识，读书人即使"手无缚鸡之力"也一样可以找到安身立命的所在。还有就是从古到今，在我们的意识里身体发肤受之父母，身体是一种私，不应该裸露出来；尤其女人，要包得严严实实。反而是乡野里的人，贩夫走卒、舟子樵夫、江湖郎中、白丁老农，他们用尽全身的力气去谋生、去开山、去垦荒，把身体置放到了自然和代谢的状态中，接受山高路远、风霜雪雨和土地汗水的雕刻，形成简单分明的条块与曲线。那种条块和曲线，已经超越了简单的美或者丑，而是根植于一种自然的粗糙和原始。

在现代社会，身体逐渐脱离了劳作、脱离了土地、脱离了工具、脱离了力量，我们的身体解放出来，得到最好的最舒适的滋养，发展出它任意生长蔓延的形状。然而看着身上的赘肉，看着无力的双臂，我却怀念起乡间汉子身体的结实有力起来。文明程度越高、离开原始越久的人，可能在内心深处最怀念这种美，也未必是美，而是一种原始和粗野。记得之前看过一则新闻说，有一个单身大学女教授，爱上了经常给她送快递的一个快递员，还有外企里的女白领对给其送水的搬运工产生了爱慕，她们甚至还突破家庭、学识、相貌、收入、地位的种种压力，跟对方结了婚。女教授何以爱上了快递员？女白领何以爱上了搬运工？很多人开玩笑说，是看上了他们强壮的身体。我想那未必全是出于身体欲望上的满足，而是快递员和送水工的粗野、原始、宽厚，让她们找到了一种久违的身体感觉，找到了一种所谓的现代文明人身上所没有的东西。对娇美柔弱的、文明的、斯文的她们来说，快递和送水工身上散发的雄性力量，在能欣赏它的人心里形成致命一击，于是美女和野兽达到了一种阴阳调和。

二

在很多年前，墙壁上的一面玻璃相框曾经是很多人家的标配。基本上都是黑白照片（偶尔有一两张彩照），压在一面玻璃下面，悬挂在堂屋的墙壁上。20 世纪 90 年代，我到很多人家里去，看到的就是这样。那些照片里，有些是小孩子光屁股照的，有些是一家几口在照相馆照的，还有一些是在各地景点的合影，照片里的人也无非是一些普普通通的市井人物。我经常会盯着看半天，那时候还不知道，不过现在回想起来，真是觉得他们的五官、眼神、气质都好，无论是美是丑，每个人都有每个人的样子。虽然是升斗小民，虽然衣衫简朴，但却风采照人，丝毫不输给大人物。现在的拍照技术日益发达，但很少有人再偏爱黑白照片了吧？即使有，也很难再拍出那种一个人一个样子的照片了吧？

很多朋友告诉我，说现在会拍黑白照片的人越来越少，技术上都不过关，不懂得用黑和白这两种经典颜色去表现对象。他说得很有道理，在五色缤纷的时代，几乎没人愿意做减法了。但是我想，应该还有一点，那就是从黑白照片上来说，还不单单是颜色表现的把握问题，技术只是一个方面，更多的问题其实来自于被拍摄者，是他们先被压榨了，抽取了，越来越干瘪和无趣，成为这个时代的"傀儡"之后，所以在镜头面前才会空下来，好像一阵风就可以刮跑。

不幸的是，今天我们几乎很难见到饱满有趣的人了，除非在一些边疆山野之地。有一年我去西藏，朋友开车陪我去亚东县，一路上荒无人烟，云低水蓝，偶尔看到破旧寥落的村户村民，有苦行者在路上转经，你会发觉在高原那么残酷的生活条件下，在那么简单的生存条件下，他们反而像是从背景中跳了出来，无论样子还是气质，都很清晰。我小时候在乡间，看到无论是磨菜刀、修雨伞、卖豆腐的贩夫走卒，还是乞讨的、流浪的老汉小儿，再或者是有侠义古气的乡村夫子、上了年岁的老先生，都是有模有样的，即使衣履不整不洁，但是他们容貌的轮廓和散发出来的力量，是逼人的、亮堂的，即使是流氓偷盗之辈，也都有自己的规矩和道行，不会乱来。这样跳脱干净的人，我后来在广西的时候还能见到一些这样的人物，因为那里天高皇帝远，而在内地却是一年比一年少，到现在恐怕更是近乎绝迹了。

照相是这样，穿衣服也是如此。俗话说，佛靠金装，人靠衣装。其实上好的衣服，并不是提升了人，是衬托了人——人还是最重要的，人在那样的衣服里会自己跳出来，而不是被衣服淹没了，这就像女孩子穿军装会有一种英武的美，即是来源于一种张力，在整齐中她的妩媚会跳脱出来，那种军装其实是一种简单，越简单的东西才越有承载力，如绿叶配红花，才能辅佐女人的美。这其实就是蒋勋说的，美就是做自己。东施效颦之所以不美，也是因为那个美不是她自己的，而是西施的，她把那种美的唯一性破坏掉了，不然她即使很丑，也还是有其价值。在今天这样的年代，我走在街上，看到各种各样的脸，会有一种压迫感扑面袭来，而且是一波强过一波的压迫感，因为每一个人都差不多，容貌差不多、穿着差不多、欲望也差不多，没有哪一个能很明显地跳出来，我们像流水线上的产品一样，情绪在被生产着，官能在被生产着，精神也在被快餐文化填充着，他们像人海里的一袭又一袭海浪。

在工商业文明成为文明的主要标志之后，我觉得最害人的学说，就是凯恩斯的刺激消费理论，因为它完全把人官能化为动物了。在这一理论的开道之下，工商业社会对每个人都敲骨吸髓，把精气神都一吸而尽，人活着不是为了未来，而是为了现在的消费，这就是现代人扁平化、丢掉自己的根源所在。而在农业时代，劳作虽然累且苦，但是不劳心，不制于物，人还是天地人三才之一的人，人无论在身体还是精神上的饱满度和密度，都比工商时代大很多，那是一种犹如谷穗般的沉甸甸的感觉，上面还挂满了早晨的雨露，就像周邦彦的词"叶上初阳干宿雨"，不但有从大地和泥土里走出来的结实感，还有饮风接露、得天地之育的神灵感，这才是最初的人。罗兰·巴特曾经说，一幅早期拍摄的伯利恒照片，具有令他"晕眩"的三重时间：两千多年前耶稣在这里诞生之时，近百年前无名摄影师摁下快门之时，以及他本人观看这件照片之时。照片拍下来的，非但是拍摄的那一刻，也包含牵连着此前此后时时刻刻的光阴。那么如果今天我们身在那幅伯利恒照片，恐怕摄影师按下快门那一刻，会是最弱、最淡、最没有力量的一个时间点，因为它既不通达过去，也不延伸未来，只是归于时代的死寂。

手与艺

在所有职业中，我对"手"参与最多的几个职业最为佩服，比如木匠、手艺人、樵夫和厨师，他们都靠手吃饭。我小时候，家中做家具桌椅、盖房子锯木料椽子，或者堂姐出嫁打嫁妆的时候，往往是我最兴奋的时刻，我总会跟在木匠们的屁股后面，嚷嚷着要做一个木刀或木枪。即使不给我做，只是帮着他们按住墨斗里线头的另一端，看着刨子里刨出的木花，闻着钢锯新拉出来的锯末，也会有一种莫名的快乐。有个木匠邻居是一把好手，做的桌椅四平八稳，打的嫁妆结实美观，甚至可以一整件家具不用一个钉子，完全用的是他自己砍削的楔子，钉上去不露一点痕迹和缝隙，看上去就像是一整块木头。我那时就在想，怎么可以有这样精妙的手艺，被遗落在这穷乡僻壤里？

不单单是木匠，我以前还见到各种各样的手艺人：做炮药擀制烟花爆竹的，给十里八乡刻碑的，游街串巷给各家剿猪的，到新去世的人家里扎纸车花圈的，还有挨家挨户补锅修伞的……他们凭着一双粗糙的手和精细的手艺，在乡村世界里建立起了一道技艺的风景，用手赢得了糊口谋生的微薄收入，也用手艺赢得了四邻的需要和些许的敬意。

我小时候家里的锅破了、伞裂了、铝盆儿穿孔了，总要再修一修、补一补接着用。那时候补铁锅、磨剪刀的江湖手艺人天天走街串巷，在院子里每每听到外面有人拉长了音在喊："补铁锅嘞磨剪刀，补铁锅嘞磨剪刀。"父亲就连忙让我出门拦下。而每次我都搬个小板凳，端坐在那里看他们怎么修怎么补。我对他们零乱但丰富的工具箱，对他们手下的一举一动有着超越年龄的异乎寻常的兴趣和热情。

后来有一次，在动手心切的驱使下，我竟然把家里唯一的手表拆了，我的初衷是弄明白它的工作原理，然后再一点一点装回去。殊不知无论怎么努力，那些散落一桌子星星点点的零碎部件，都安置不到表壳里去了。那时候，我甚至还异想天开，拆了随身听里的小马达，用硬纸板剪成螺旋桨的形状，要制作能飞的模型飞机，但是因为不懂原理，怎么都飞不起来，只能眼睁睁地盯着螺旋桨在呼呼空转。

虽然安装手表和造飞机都没有成功，但那时候的我却对此有着极大的热情，我甚至可以一整天一整天地在房间里摆弄。我至今记得，午后的阳光一点点地在墙壁上移走，天色慢慢地暗下去，屋子里极其安静，我几乎可以听到鼻头呼气的声音，可以感受到心脏的剧烈跳动。

到今天我也弄不明白，少年的我何以对手工操作有那么大的兴趣，是天性，是熏染，还是单纯的好奇和玩耍？后来读书了，整日沉浮在课本和课堂里，对这些手工的摆弄一日疏远一日，最后竟兴致全无。每每想起从前的种种不觉哑然失笑，笑自己当年的无知无畏、闲得发慌打发时间，抑或是笑长大了就丢掉了最初的虔诚和兴致。

在拆装手表和制作飞机模型的过程中，我感觉到手的力量和精细，感觉到手的婉转自如。而少年时在田野里的少年游，我闲不住的手不是握一根藤条横抽竖抽，就是拾起石块和土坷垃用力扔向远方，看着它们被抛上去又落下来的曲线，或者是爬树时用手把住粗糙的树皮树杈，也都让我觉得跟手十分相亲，觉得在什么工具都没有的时候，在山穷水尽的时候，这双手就是最好的工具、最好的柳暗花明。

人类在直立行走之后，最先被解放出来的就是手。在漫长的使用、纠正和打磨中，手对我们来说，就像是心底生长出的一对须，帮我们感触到外面的世界，在一握一按一摸中，实现对周遭的把握和改变。我们常常说"十指连心"，指尖的疼痛不是疼在手指上，更是直接疼痛在最心底，这其实就是一代代使用和沉淀所建立起来的一种对应。它们最细微的感受都是通于心底的，心中一思一念、一爱一恨都可以通过挥手、抚摸和握拳表达出来，每一个手的动作，其实都是心的动作，只是它们太紧密了，紧密到你根本觉察不出来。

对我们来说，手在生活中的功能，是任何别的工具都代替不了的。通过手获得的快感和成就感，达到的效果，也是别的感官完不成的。

明朝的皇帝大多不寻常，明熹宗朱由校也是。这个一心想当个木匠的皇帝，心灵手巧，对制造木器有极浓厚的兴趣和天赋。宫中凡是刀锯斧凿、丹青髹漆之类的木匠活，他都不假他人之手，要亲自上手操作。他做的漆器、床、梳匣，均装饰五彩，精巧绝伦。

据说明代天启年间，匠人们所造的床，都极其笨重，要十几个人才能抬动，用料多，样式也普通。朱由校便自己琢磨，设计图样，锯木钉板，用了一年多工夫造出一张床来——床板可以折叠，携带移动都很方便，床架上还雕镂有各种花纹，巧夺天工，连当时的最好的木匠都叹服不已。平时在宫里，他还用木材做小木偶，他做的木偶无论男女老少俱有神态，五官四肢都备具，动作表情惟妙惟肖。

不但自己做了高兴，朱由校还派内监把他做的玩具木偶拿到集市上去卖。赶集的人都以重金购买，他因此更加高兴，做木工活更加勤奋，常令太监做助手，他自己干到半夜也不休息。朱由校还喜欢在木制器物上发挥他的雕镂技艺，在他做的十座护灯小屏上，就雕刻着他费心费时构思的《寒雀争梅图》，逼真到活灵活现。以至有人为此写诗道："御制十灯屏，司农不患贫。沈香刻寒雀，论价十万缗。"

不但做木工，朱由校对双手能雕琢把握的东西，都很在行。他雕玉石也颇精工，他常用玉石雕刻成各种印章，赐给身边的大臣和太监。手在与自然的摩挲中长了老茧，老皮脱了又生，这是用手去触摸万物，去获得赐予。我觉得明熹宗就是，他用手接触的世界带给他的参与感和成就感，要远远大于帝王这个职位带给他的满足感。用马斯洛的话说，他是在做木匠的过程中找到了最高层次的自我实现的需要。

无独有偶，我那在东莞混社会的堂哥，平时有个雕刻的爱好。春节的时候回家碰到他，闲聊中发现他早已厌倦江湖中事，平日里唯两件事放不下，其一是喝茶，另一个就是雕刻。他买了几千块钱的工具，没事时就自己在家里雕，雕花雕鸟，开石凿木，有一次为了雕一个大件，他在房间里不吃不喝雕了一天。他说："雕东西费手费脑子，不过雕完后就觉得值了。"也许他和明熹宗一样，在一个手工的江湖里找到了自己，找到了在生活中、在这个世界上能安心的价值。

今天的工匠和手艺人越来越少了，虽然在我们的生活里，手依旧扮演着极其重要的角色，但是其登峰造极的能力似乎在慢慢下降了。

我有时候到偏远的地方旅行，总喜欢看看街头巷尾的物什零碎，喜欢在山坡上孤立的坟头石碑前看那上面一笔一画的字，喜欢看庙宇廊柱或者牌坊上的雕刻。那些无名的乡间手艺人，他们的体温、汗渍和用心都沾染在这铁钩银划的字、栩栩如生的花鸟中，一年一年的风吹日晒雨淋，岁月青苔漫漶，总应该等来一个虽然迟到、虽然陌生但热心切意的驻足观看者吧！为了那份手艺，那一个时刻的开凿和雕刻，为了那钢刀和铁钎，我有时候会看很久，会想拍下来带走，不舍得那样的用心孤独地仁立在风霜中。这是一种怀念，也是一种祭奠。

对于拥有完整双手的我们来说，很难理解独臂人的经验，也很难想象如果哪天我们自己失去了一只手，或者两只手都失去了，生活会是一种什么样子。也许等到失去的那一天，我们才意识到双手很多细微的重要，意识到手还可以被开发出各种各样、无穷无尽的潜力空间。

我见到很多独臂或者双臂尽失的人，他们有的在路边摆个破碗乞讨为生，有的用双脚代替双手，不但能衣食自理，还能用脚趾夹着毛笔写字。我的意思不是说乞讨比自力更生低等，也不是说双脚为手就更值得高看，而是我们没有那样的经验，甚至一辈子都不会有。那么，我们有什么资格去说哪一种行为更高贵，哪一种行为又更低贱呢？

目盲的人听力会很好，嗅觉会很发达，直觉和第六感会很灵验；耳聋的人视力会很好，四肢会很灵活，身体平衡能力很强。失去一只或两只手的人，当然也会在五官和下肢上有所开拓，只是不是所有人都用脚写字刷牙，他们的开拓深藏体内，我们未必能全部看到而已。

今天，在敲击键盘和触摸手机屏的时候，看到白皙细嫩、无茧无斑的双手和十指，我突然发现它们和生活的距离、和心的距离、和汗水的距离是那么遥远。我对小时候拆装手表、做飞机模型、削铅笔、紧握锄头的那双有粗茧厚皮的那双手，是那么怀念；而对在山坡石碑上刻字、在庭院里刨木锯树、在宫里雕花雕玉的那些手，又是那么遥不可追。唯有空怀一腔遥远的敬意和感慨，聊以祭奠吧！

失味记

如果按照借助的方式来划分，我们的记忆分为很多种，可以借助于情感，借助于画面，借助于文字，甚至借助于味道。在这些关于记忆的划分中，我觉得有味觉参与的记忆是最牢固不破的，因为对我自己来说正是如此。事实上，我对油漆那种刺激性的味道和棺材一直有着深刻的关联性记忆。这种关联性记忆，来源于小时候远远地闻到邻居家飘出来的油漆味道，来源于这种油漆味道是从棺材上飘出来的，一个刚刚去世的人即将躺进去那口棺材里去。小时候放学回家，在村子里走过经常会闻到油漆味，会觉得很好闻，然后就从大门口向里面张望，一般都会看到这样的场景：在院子里，有四五个木匠或者拉锯，或者拼板，在做一口厚实的棺材，有人在旁边上油漆，我闻到的味道就是从那里飘出来的。这样的景象和记忆，我年少的时候经历过无数次，以至在我的味觉本能里，就把油漆的味道定义成了老人去世的味道、棺材的味道。

这种味觉的对照关系，我想我这一辈子也许都不会忘掉。那种油漆的味道，和一个少年对死亡气息的直面，对棺材这种特殊用品的直视，听到人家里屋飘出的嘤嘤啜泣，看到扔在房顶上的去世的人的衣服，以及大门上贴着深紫色的冥联挽语，这些混合在一起，成了一种本能的嗅觉经验，并在之后的岁月里积累成了嗅觉的记忆。后来家里缺桌椅，父亲请了附近的木匠来打家具。看他们拉锯、拼板、上漆，或者到粉刷不久后的新房子里，鼻子里再嗅都是油漆和汽油的味道，而我脑海中蹦出来的，始终是那种去世的味道。

我有一个朋友，嗅觉异常发达，尤其是对香水的味道，更是过鼻不忘。她甚至能用味道建立起和一个人见面时的全部印象，进而在大脑深处保持这种味道和印象的记忆，建立起一种关联，甚至相隔几年之后，还能准确地用这种味道还原出曾经的人物和场景来。而另一个朋友则对蒜味异常敏感，虽然她从来不吃大蒜，即使做菜时用蒜炝锅或做调料，她也要把蒜泥滤出去再吃，但是与此同时，她对大蒜的嗅觉和记忆，却竟然可以发达到惊人的地步——我跟她见面一周前吃饭蘸了些许蒜汁，她都能从我呼出的空气中闻出来。我觉得，或许是她对蒜味的抵触，在无意识中强化了她对蒜味的分辨能力，让她有一种超常的嗅觉。

对味道尤其是香味的发掘和利用，其实由来已久，古代一些达官显贵家中，都有熏香，用来去除异味或者修养身心，还有的是参禅修道时用来净化提神的。北宋徽宗时蔡京招待访客，甚至焚香数十两，香云从别室飘出，蒙蒙满座，来访的宾客衣冠都沾上芳馥的气息，数日不散。在中国古代，正是焚香和嗅香成为他们的一种生活底色，躲在其居家、诗文书画和禅道背后。如今日本还保留着中国的香道，与花道和茶道一起并称为三大"雅道"。我一个朋友去台湾，几个人头一次去品香道，一晚上就花了近100万新台币，回来还连说："值得，值得！"那是现代人丢掉的味道，不是味道本身的失传，是味道背后的手艺、精细以及温润，还有仪式和虔诚，最珍贵的不是几个小时里烧掉的那几块珍稀木头，而是不到那里去就闻不到。

在香水行业，有一个职业叫调香师，他们特殊的嗅觉记忆能力，可以记住3500种香气。古人说，入芝兰之室，久而不闻其香；入鲍鱼之肆，久而不闻其臭。一个人长期浸淫在香味中，而且还能对香味的嗅觉和分辨达到这样精细，肯定不单单是身体感觉器官的特异。就像品酒师对酒的品尝一样，就像疾风对仇人的嗅觉一样，调香师们在每一种味道里，或许都对应了一个故事、一幅场景、一个人、一种经验或是一种情感，那才是所有奥妙的所在。1533年，意大利女子凯瑟琳嫁与法国王储亨利四世，随嫁的有一位叫佛罗伦丁的炼金师，擅制毒药与香水。出嫁后凯瑟琳与王太后明争暗斗，后来她看到宫廷贵妇流行戴皮革手套，而皮革味道会让人不快，便命令佛罗伦丁调制一种可以经皮肤接触而中毒的毒药，毒药本身还散发着迷人的芳香。凯瑟琳将毒药手套送与王太后，四天后王太后身染奇症身亡。佛罗伦丁的香水毒药里，添加进去的也肯定不只是他精湛的技艺，还有他对女主人凯瑟琳的忠心耿耿，以及凯瑟琳对王太后的刻骨仇恨，这些才比毒药要毒成千上百倍。五代时的罗隐，曾经作过一首诗说："沉水良材食柏珍，博山炉暖玉楼春。怜君亦是无端物，贪作馨香忘却身。"被毒手套毒死的王太后，想来也是一时贪香忘却了处境，她对香味的嗅觉很正常，却没有嗅到香味背后的死亡气息，没有嗅到凯瑟琳明明跟她争斗，却还要送她礼物的阴险。

　　女人都爱用香水，香水应该是一种神秘的、隐私的、属于个人独有的魅力，这是女人对自己的一种塑造和表达。习惯上说，女性用香水，白天用的大多比较淡一些，晚上则比较浓郁一些。白天的淡淡的香水味，是一种尊重和品位，不构成侵袭；而晚上的浓郁，则是夜色配合下的一种放松和妩媚，不完全是性暗示的意味，却有潜意识的一种性别撩拨。然而无论是男人还是女人，今天其实都在香水中丢掉了一种嗅觉，女人的香水味越来越浓，淹没掉了香水的初衷是衬托自己，而不是掩盖自己；而男人在对这种性信息的接收中，则是嗅觉越来越单一，性的嗅觉意识越来越强，忽略掉了尊重和咀嚼，这其实是嗅觉的一种退化。

　　跟以前相比，我们的嗅觉能力退化了，一是接触的化学的、工业的、调和的味道太多了，破坏了我们的嗅觉潜力，也就是老子所说的"五色令人目盲，五音令人耳聋，五味令人口爽"；二是我们的灵性和觉性下降了，喜怒哀乐是情，喜怒哀乐之前的那个东西叫灵和觉，它们被越来越多的利欲覆盖，虽然勤拂拭，但还是落满了尘埃。而最重要的，或许是因为我们的情感层面也在下降，无论是喜悦、恐惧、热爱还是仇恨，都在或多或少地减少，渐渐地成为麻木。没有情感参与，没有原始的虔诚，什么样的嗅觉也只能止于嗅觉。

越长大越怀念小时候的味道。我还记得，刚下过雨的春天，韭菜在院子的小块泥土里那种碧绿、鲜嫩和辛辣，我最爱吃新长出来的韭菜下面。母亲会把它们切成小段，与面和到一起，然后做面片或者手擀面，那种面嗅起来，或者吃到嘴里，真的是带有昨天晚上一夜淅淅沥沥春雨的味道；带有湿润的、松软的泥土的味道，以及韭菜自身的辛辣味道；那种味道是有质感和层次的，是带有颜色的，有叶片的绿色，也有泥土的黄色，甚至是夜雨的黑色。杜甫的诗里说："夜雨剪春韭，新炊间黄粱。"那也是一年春天，他正在从洛阳返回华州的路上，在离乱的大时代中，昨夜沧海，今朝桑田，会让人有一种特别的别易会难之感，杜甫很难得地在这种苦难中寻味到、嗅到一种自然的味道，植物的味道。这种味道和我小时候闻到的韭菜味道一样，都通达于《诗经》里南天之下的草木味道和洪荒味道，让人想起一种大的、亘古的东西里的"小"。

在那种植物的味道的"小"里面，你可以寻味土地的广阔，也可以寻味自己对这土地，以及这土地上所有味道的一种嗅觉和感知。你会感受到一种亲近，对自然和天地的亲近。小时候我经常到田野里去，尤其是暮春时节，田野里有几百种植物、几百种生物，散发出成百上千种味道：有蒲公英的辛味，有野菊花的苦味，有茅根的甜味，有荠菜的淡味，有飞鸟落在树干上的粪便的酸味，还有露水的湿味，马上抽穗的麦香味，以及身边土狗身上毛发的骚味。你会在那么多的味道里，体会到一种味觉的浓度，体会到嗅觉的多重性和复杂性。有风的时候，你甚至能在风中嗅到更多的味道，有泥土地的腥味，有不远处炊烟的草味。在那一瞬间，你会觉得自己是一个味道的神通，你不会想到，日后这些味道这一辈子你都再也闻不到了……

关于五官

一

在眼、耳、鼻、舌、身、意的六种感觉里，我们通过眼睛摄入的信息，可能要占到 60% 到 70%，甚至还会更多。眼睛于我们，正因为太重要所以才显得不重要，我们甚至会忽视它的存在，会忽视它的转化。

我的朋友，诨名花如掌灯的舟山仙人方平，曾写过一本叫《青绿》的小说，里面提到的算命看风水的人，最后大多都以瞎眼收场。

有人说，这是算命先生和风水师透露了太多天机，最后遭了报应。但他们不这样想，对于瞎眼这件事，算命先生和看风水的人甚至会感到欣慰，说明自己看透过天机，如果眼睛好好的说明看得不准。

所以在小说《青绿》中，阿罗的爷爷这个风水先生，

50 岁后就开始有意无意地戴起墨镜来，他甚至经常告诉别人说："我的眼睛不行了，恐怕是终有一天会全瞎。"事实上，戴墨镜的那些年是他的生意最好的时候，将瞎未瞎时的风水先生，技艺才到了炉火纯青的地步，因为他关闭了肉身的官能和意识，而开启了第六识，用灵性去感知。

第六识甚至也可以关闭，到达非想、非非想的状态，即天人境界。

那种失明的观看，其实就是眼睛的一种境界和超越，也是身体官能之间的转换，以现实中眼睛的失明从而来达到人生境界上的高明。他关闭了平时最常用、最需要用的官能，才得到了一种超越身体、超越官能的觉性，那就是心。眼睛看不到之时，正是心开始看得到之时。

盲人的世界里，虽然是暗无天日、一片黑暗，但是他们依然可以把眼睛的功能，通过触觉、听觉等来实现。比如盲人按摩，为什么比一般人手法好？就是因为他们眼睛看不见，只有用手去触摸和感知。手在他们对世界和生活的参与中已经代替了眼睛，可以通过触摸盲文看书识字，可以通过挂拐杖摸索前行，所以在按摩中会发展出手的一套方法和力度。这就是眼睛和手的一种转化，眼睛和力量的一种转化。

再比如盲人歌手，为什么在他们沧桑的歌声里，潜藏着一种动情和慈悲？流淌着一种你永远都没有办法忽视的、不能不直面的东西？

你看台湾的萧煌奇，1976 年出生的他因先天性白内障而全盲，4 岁时动眼部手术后成为弱视，无法看太远。天性乐观的他又学柔道，又玩音乐，15 岁那年因用眼过度而永远失去视力，在重见光明多年后再度失明，是一个致命的打击。萧煌奇曾经这样形容："别人睁开眼看到的是全世界；我只看得到整片的白，就算睡着了，眼前还是一片白。"

在 26 岁那年，萧煌奇出了第一张专辑《你是我的眼》，他唱："眼前的黑不是黑，你说的白是什么白，人们说的天空蓝，是我记忆中那团白云背后的蓝天。"这首歌很多人都翻唱过，林宥嘉唱过，黄小琥也唱过，每个人都诠释出自己的特色，但我觉得萧煌奇唱得最动人。

萧煌奇因为确实看不见，所以才能把所有的情感灌注到声音中去，期待，梦想，失落，忧伤，绝望，慈悲。在萧煌奇的演绎中，他实现了看和唱的转换、视觉和听觉的转换，丢失一种，才换来了另一种。

看得见的人，可以在技术上演绎得很好，可以很用情地投入，但那是另一种感觉，是用嘴巴、舌头、喉咙、声带和表情在唱，而不是用失明的眼睛在唱。就像我的一个朋友，还没有毕业就在酒吧里驻唱，抽烟、喝酒、混江湖、谋生计，而他的同事、刚毕业的大学生小伙子，面目白净斯文，烟酒都不沾，唱歌虽然也好听，但太干净。跟我朋友的声音相比，他的声音里缺少烟酒的味道，缺少沧桑和江湖。

所以，萧煌奇那种"失明的声音"，没有同样身体经历的人无论如何也唱不出来，唱出来味道也不对，因为那是靠眼睛和声音的一种转化。我有时候想，是不是因为他们眼睛看不见，所以自己会在情感上比较偏爱他们？后来我发现并非如此。上天是公平的，每个人抒发的通道只有那么多，关闭一种另外一种才会加强，他们是声音里加了东西。

其实，瞎子阿炳也这样。古代也有很多盲人乐师，古代盲人乐师称作"瞽""蒙"或"瞍"，这三个字字面都是盲人，但特指乐师。《诗经·有瞽》中说："有瞽有瞽，在周之庭。设业设虡，崇牙树羽。应田县鼓，鞉磬柷圉。既备乃奏，箫管备举。喤喤厥声，肃雍和鸣，先祖是听。我客戾止，永观厥成。"在当时，宫廷乐师确是盲人，他们不但奏乐，还要教授官府子弟，因不能看到所以更能专心诵记。

远古的时候，不但缺文少字，也无纸无笔，历史和故事只有口耳相传。盲人乐师传下了周朝的历史，瞎眼的诗人荷马也传下了古希腊的《荷马史诗》。他们因为看不见，不会直视太多扰乱其心的繁华世界，所以会发展出强大的想象系统、记忆系统和表达系统，能用一颗心去记忆和传递历史，用情感世界去温润历史的粗糙和冰冷。

我们都有一个这样的经验，紧盯着一个人或一个字看过一阵工夫，你会发现好像越来越不认识那个人、那个字了，越看越觉得有一种陌生感。那是自己熟悉的那个人吗？那个字，自己明明曾经写过无数遍的，然而怎么越看越不像了呢？这是眼睛的看，麻痹了心的认知。

如果你的眼睛看不见，或不长时间看那个人、那个字，再问你那个人的相貌、那个字怎么写，你一定能够答出来，因为你不是用眼睛去看的，而是用心去想和记忆的。眼睛有时候会骗人，而心从来不会。

二

眼耳鼻口身，这五种感官在我们摄入外界信息的途径中，是有一定比例的。

比如在远古，人类的嗅觉和听觉应该比较发达，比较接近动物性的一面，原始本能还存有一大部分，视觉当然也很重要，但是不会占到绝对的比例；而到了农业时代，随着文明程度的增加和劳作的开展，触觉和味觉开始发达起来，视觉的比例也会增加，听觉开始渐渐让位；再到了工业时代、商业时代，视觉可能发展到了一个顶峰，摄入信息主要靠此，触觉、味觉和听觉都开始退化，画面的、直觉的、形象的东西成为我们接收外界信息的基本。

在大的时代跨度面前，我想五种感官对我们的作用，会跟着时代发生一些调整和变化。而就小的范围而言，拿今天和20世纪的八九十年代来比较，也可以发现一些有意思的变动。

在 20 世纪八九十年代，很多人都有听收音机的经验，尤其是在夜深人静的时候，打开收音机就是打开了一扇窗，外面的世界虽然很遥远，但是又很接近。今天的人们，除了一些特殊行业和特别时刻，很少有人再听收音机了，出租车司机可能是收音机最忠实的听众。

到了今天，我们的听力对摄入外界信息到自身世界的编织和结构，其实已经有了很大程度的下降。听觉的手段在退化，而视觉的途径在增加，因为交通的发达，因为视觉技术的发达，我们的活动半径更加广阔了，见识更多了，阅历更多了，看到的也更多了。今天我们听到 20 世纪 90 年代的歌曲，很容易怀起旧来，仿佛短暂地置身于当年。

我经常开玩笑说，我们唯一变得更加发达的触觉，是我们的手指。因为要上网敲键盘，要玩手机，我们身体的感觉能力已经被科技异化了，一部分在下降，另一部分在上升。

我很羡慕一些音乐发烧友，甚至羡慕一些盲人，因为他们的听觉能力太强大了。我曾经看过一个叫《天道》的电视剧，主人公丁元英是一个音响发烧友，他对音响和听觉十分痴迷，将其视为莫大的享受。他曾经有个一生最大的梦想，就是在德国买一套大房子，里面放一套最好的音响，然后把音乐开到听觉所能承受到的极限，在那种声音的巨浪中沉下去，沉下去。

在人类的五种感觉中，最抽象、最难以把握的，一定要比最直观、最容易实现、会更加接近内心和灵魂。在这一点上，永远是手段和容量成反比的一种关系。

比如我们常说的"看景不如听景"，听其实是一种掺杂想象力的手段，有自己的思维创造在里面，我们能调动所有的人生经验去配合，去顺着听到的东西来完成一种建构；而看则天然地摒弃掉了这种创造，看山是山，看水是水，而且会拿这种山水和曾经看到过的山水去比照，结果很难完成对自己的满足。一个是听，一个是看，灵性的角色大不一样。

再比如一些入定的高僧或者打坐的人，他们可以身在而神游，观天地之大，看苍蝇之微。我想倒未必是他们有多神通，而是在打坐时，把所有感知系统都关闭了，在关闭五种感觉的同时，却打开了另一扇感觉的门，那就是心的领悟，也就是觉的归来。正是这种近似于超能力的感知，让他们能洞察一些外在的变化，风吹云动，天下大事，似乎都能知晓。

贝多芬也是如此。他何以能在失聪之后，作曲的素质并未受到影响，甚至他失聪后的作品如《命运》《田园》会更伟大？因为他耳朵听不见了，但是心能听见，而且此前的听觉经验和听觉想象都在发挥着作用，这就像他自己所说的："我为什么要作曲？——在我内心的东西必须将它释放出来，这就是我作曲的原因。"有一年在西藏，朋友开车带我从亚东县回拉萨，半夜路经卡若拉冰川，当时已近凌晨，朋友一个人开车劳累已极，我们躺在车里休息。

那真是万籁俱寂的一种体验，除了喘息几乎听不到任何声音。小小的车辆停在世界屋脊的亘古冰川下，几个如草芥般微小的尘世中人在轻轻打鼾；微小如蚂蚁，又像是一人独占河山。休息完在路边小解的时候，我抬头看到满天星星如花，耳边听到呼呼的风声，如从仙界重回人间。

我们与贝多芬的不同，与高僧大德的不同，或许就在于他们能时刻停下来，处于一种听觉和心觉转换的状态，一种关闭感觉而有大觉悟的状态；而我们尘世中人只有在一时一地，片刻洗净烟火面目和名利内心的境遇下，才能偶尔接近那种觉性。

学会走路

一

　　一个人走路的状态，是会透露出很多信息的，从行走的姿势、步履和神态中，你能看出他是不是有心事，是不是严谨，是不是稳当。有的人还能从中看出他的风水和前程，是不是健康。神医华佗有一次去踏青，看到一个胖子，胖得几乎上下一般粗细，走得非常吃力——这胖子是亳州城里卖肉的。华佗要给他治治肥胖，问过他的饮食习惯和生活起居后，给他开了一个方子：每天备二两炒瓜子，于三更天起床，边嗑瓜子边走路；嗑完瓜子再由原路返回，中间不准歇息。开始的几天，胖子行走吃力，往返十里累得大汗淋漓，上气不接下气，但坚持3个月后，他的大肚子果然瘪了下去，一身胖肉也少了许多。他很奇怪，为什么走路、嗑瓜子就能减去肥胖？这就是走路的功效，而嗑瓜子又可以防止他暴饮暴食。华佗的本事，不是每个人都能学会的，但是通过看一个人走路，对他走路时望闻问切，我们也一样能发现这走路背后的隐秘。

我有个朋友从事人力资源，他在面试人的时候有一个与众不同的安排，就是面试的场地一定要足够大，面试的人走进来，走上十几步路才能坐到他的对面，然后才开始正式的交流。在面试者走来的时候，朋友会观察这个人走路的姿势：他的手怎么摆，脚步怎么迈，身躯是前倾的还是笔直的，眼睛是直视的、飘忽游移的还是向下的，还有他走路时的表情、神态、笑容。他说，从一个人的步履和姿势中，基本上就可以判定他是不是能够入选。有的人一进来，会紧张地四处张望，眼神里处处不安，他的步履是慌乱的、匆忙的、不整齐的；有的人一进来，会直视着朋友，礼貌地点点头，然后步子和身体配合得很好，步子迈得不卑不亢、不疾不徐，你可以看出来他的镇定自若和置之度外。以走路来作为能否录用的最终判断标准，当然不免会失之于武断，不过确实也能得出这样一个大致结论：一个人怎么走路也就代表着他怎么为人处世。

在以前，走路有走路的一种规矩，用乡下的话说，就是要"坐有坐相，站有站相，走有走相"。初学写毛笔字的时候，老师经常会说要先学正楷，再学行书，打好了底子才能写草书。我少年时受不了那种严苛，喜欢练笔时随心所欲，没学几天正楷就开始潦草起来，这就是没有建立起写字的规矩，这也就是大人们经常说的——还没学会爬就开始想跑！和写字一样，在走路的节奏中也隐含着做人做事的步骤。不妨这样说，楷体就是最基本的相，行书就是这个基本的相形成之后的坐、站和走，草书就是跑。古人的步，其实比我们今天的步要小。我们现在迈一脚就算一步，古人不是，要两只脚走一次才算是一步。我们现在的一步，在古代应该叫作"跬"（半步），就是荀子说的"不积跬步，无以至千里"的"跬"。古人和我们的行走，在速度上有区分，他们的行是正常速度的走，步就是慢走；趋是快步行走，相当于今天的小跑；疾趋就是今天的跑；奔相当于今天的飞跑。所以他们走路中也有礼节，卑着面见尊者，大臣觐见皇上，会走一种步子，叫"趋前"，趋就是一种下级对上级的行为。在路上走时，男人走路要靠右边，妇女靠左边，中间行车。遇到父辈的人应随其后，遇到兄长一辈人，应并行而稍后，和朋友一起走路不能抢先而行。

今天的人走路，已经不像过去有那么多规矩和讲究了，走路已经成了一种单纯的走路，不涉及太多其他的意思。不过，即使在这简单的一迈一行之间，如果仔细品味的话，也有很多能够发掘的秘密。一个当过兵的人，从他走路的姿势就能看得出来他是当过兵的，因为他走路时身体是板正的，步子是协调的。而像我们这种，一眼就能看出来肯定没有当过兵，因为我们是小时候背着沉重书包上学的一代人，长大之后走路时多多少少都有一些前倾，步子是碎的、急促的。因为这代人背负的不单单是书包，更是一种被赋予的重量和叮咛，在脑子里被一再发酵，所以步履是匆忙的。许多用脑过度的书生和脑血栓后的人走路，也是前倾的，因为他的脑袋和身体不协调，在神经上不能及时协调身体节奏。现代人走路，普遍都比较快，即使闲暇下来散步也是快的，因为我们每天的生活节奏也是快的，已经在步履中形成了一种快的下意识。

跑步是运动的、体育的、锻炼的，西方人是跑步的创始人。田径包含着跑步，所以至今东方人不行。我不喜欢跑步，却欣赏能跑步的人，尤其是能长跑的人，因为那不单需要体力的坚持，更需要意志的坚定和补续。能跑完一场马拉松的人，是竞技中的佼佼者，但我不喜竞技。比起来长跑，我更喜欢的是悠闲的散步和徒步。散步是有故事和思考的，你可以把每个人、每个地方、每棵树和每条河流都串联在用双脚画出来的地图上。你可以像卢梭那样思考："我只有在走路时才能思考，一旦停下脚步，我便停止思考——我的心灵只随两腿运思。"长跑是没有风景的，而散步和徒步却有。路边的树、脚下的草地、遇到的人、看到的房屋和溪流，都可以成为风景，因为徒步和散步时，你的心态是放松的、疏阔的，可以同时感知和参与身边的世界，每一个细微都入心。就像丽贝卡·索尔尼在《浪游之歌：走路的历史》中所说的："我喜欢散步，因为散步速度缓慢，而且我相信人类心灵也像两脚一样，以大约一个钟头三英里的速度运作。"

而跑步是紧张而投入的，你要竭尽全力去应对，保持一种身体平衡，不摔跤不跌倒，还要注意着脚下的石块和道路。心情和心态上没有余力去感受别物，你只能是别人眼里的一道风景。我在桂林的时候，有一次跟同事徒步，半天走了四五十里的山路，一路上翻山越岭、披荆斩棘，一点也不觉得劳累。红军为保命徒步，也不会觉得累吧？

我记得那是仲春时节，是一个春暖花开的日子：大片大片的油菜花开在广阔的山谷底部，牧牛悠闲地散布在田地屋舍间；农人有的在翻耕春田，有的在生火炊烟。从山巅上望下去，只觉得山河浩荡，人世迤逦散开。走过那么长的路，看到这样的人间风景，你会有一种开阔，一种境界，犹如登临绝顶之后的回归，犹如洗尽铅华之后的呈素姿，于是这世间的爱也好恨也好，一瞬间都缥缈飞升了。

二

几千年来，我们的出行方式有了巨大进步。最早是步行，后来靠畜力和人力，比如马车、牛车、驴车，比如轿子、滑竿；再后来是工业力量介入，火车、汽车、飞机、轮船。今天的人已经不怎么走路了，出门就可以找到相应的代步工具，这一方面实现了便利——我们终于如愿以偿地满足了人类天性中好逸恶劳的那个部分，另一方面也突破了某种限制——我们躺着坐着就可以飞跃千山万水，前往任何一个地方。古人没有这样的便利，也难以突破这样的现实局限，他们出一次远门要费尽周折，几个月前就开始准备，要备好干粮和银两，备好衣衫，无论是走路步行还是骑驴骑马，一路上的行程都要几个月，真是一路跋山涉水。

事实上，交通工具的改变也在潜移默化地重塑着每个人的心性。以前的人赶考，福建、云南的秀才进京路上竟然要花费半年之久，而且那时候也不是家家都养得起马、驴或者骡子，大部分人只能靠两只脚去翻越一座座高山，走完一条条小路和大道。然而事情的吊诡之处在于，跟我们相比，古人培养出了一股胸怀天下的大志，培养出了修身齐家治国平天下、以天下为己任的胸襟；今天的人轻而易举就可以飞到地球上的任何一个角落，大尺度地奔赴在地球上，既可以纵览天下之大，也可以体验地球之广，但是在阅尽千山万水之后，一个与我们移动距离、与我们所见识到内容相矛盾的地方在于，我们的胸怀和格局却萎缩了，我们缩小到了只有自己的身和家，眼里只剩下一己的悲欢利欲，每个人都躲在了自己的"小"里成一统。

在这个越来越便利的时代，我觉得最不应该丢掉的还是我们走路的习惯，或者说本能。事实上，一个经常走路的人，才是拥有结实的人生经验的，也才是更通透和达观的。即使一时心头偶有积郁，也会在这一路的奔波中挥发了，被风吹散了，被日头蒸腾掉了。

在我乡下的老家，有一个这样的邻居，一年四季，风雨无阻，他都要从村里到田里走个来回，我见到的绝大多数时候他都走在那条乡间土路上。他不是在锻炼也不会锻炼，只是每天走路，今年他已91岁，然而看起来像60多岁。走路带给他的，除了强健还有乐天知命，每天走的是路，91年的岁月也是路。《阿甘正传》里说，一个男人要走多少路，才能成为一个真正的男人？用我乡下话说，你才吃过多少盐，走过多少桥？路在我们的经验中，是先弯后直、先苦后甜的，这种直和甜，其实并不完全是现实的**通畅**，也有跟命运的和解，跟人生的把手言欢，因为懂得通达了。

今天的人，普遍没有走过多少路，没有吃过多少盐，因为苦难经历得少，所以会放大苦难，会放大疼痛和悲欢，会发现车到山前的时候没有路了。这是在享受过时代的便利之后，时代给我们种下的劫，从身体和本能上，你没有勇气也没有智慧，去跟眼前的高山较量了。今天，也许我们应该回头想想，走路这个最简单的行为，对我们最深刻

153

的意义是什么？在从猿到人的历史上，直立行走被认为是一个巨大的节点，因为直立猿才算进化成了人，但关于人究竟是怎么站起来的，一直众说纷纭。美国科学家最近发现，人类用两条腿行走时所消耗的能量，只有用四肢着地行走的黑猩猩的四分之一，而且也省力得多。这也许能够解释，人类的祖先为什么会从四条腿走路进化到两条腿走路——是为了节省能量，保存体力，慢慢站起来。

据说在明治以前，日本人走路都是同手同脚的，右脚向前迈出的同时右手也向前，左脚向前迈出的同时左手向前。这就是所谓的"ナンバ步き"，是使用锄头等农具的日本农耕民族所特有的，直到明治时期，在军队和学校等引入了西方的体操后，才逐渐改成了今天的走法。你可以发现，走路也是在进化的，从用四肢到用两脚，从同手同脚到左右协调。今天性好安逸的人们，已经鲜见迈开步履：出门有车接车送，有飞机腾空，居家有沙发、卧床、按摩椅，休闲时还可以去做足底按摩，走路已经成为一种奢侈了。那么在这种生活和行旅方式中，会不会蕴藏着一种新的进化呢？在几百几千年之后，人类也许会把四肢退化掉，仅仅靠着背部的蠕动行走了吧，就像是蛇或蚯蚓，抑或是躺在灵活矫健的机器上，全世界的四处游走晃荡。但是话又说回来，那样的人还能叫作人吗？那样的进化，其实更像是一种高级的退化吧，返祖成了另一种生物。在出门就是汽车、高铁和飞机的时代，其实我们更应该怀念走路。不单单是我们怀念，我们的腿脚也会怀念，那是我们的乡愁，也是腿脚的乡愁，一种简单的、原始的、人之为人的基本出行方式的乡愁。

三

如果把走路放到一个更引申的意义中去审视，我想我还应该说说旅行。当然，旅行——以及旅游、观光等类似的说法——是近现代以来才有的概念，以前的人没有旅行这样的说法，他们称之为游历、漫游、浪游或者就是走路，是读万卷书之外的行万里路。近现代以来，在衣食住这些基本生存问题解决完之后，行也开始突破了它本来的意义，从一种空间上的物理转移发展成了某种生活方式，事实上旅行已经开始成为我们日常生活中越来越重要的一部分，成为对日常生活的重要调节和补充，甚至于成了日常生活本身。

　　这几十年来，越来越多的人走出去，把眼睛带到路上。这当然不是一件坏事，但是我不喜欢的是当旅行成为旅游和观光之后的旅行，尤其是把旅行当成一种产业和产品之后的旅行。旅行、旅游、观光这样的词语，其实是比较经济化和消费化的说辞，更像是一项工业生产，目的就是为了旅行，规划好线路和日期，定好旅店，算好行程和归期，旅行成了一种被刺激购买的商品，可以买，可以换。对某些人来说，旅行甚至于还成了他们的生活本身，成了一种必须要完成的任务。这，或许与旅行本来的旨趣已经相去太远了。相比之下，我更偏爱以前的人为旅行所阐释的含义——漫游、游历、浪游、闲逛、走路，因为相比于旅行的那种目的性和消费化倾向，后者更多是有一个人的性情、兴趣、审美等参与，有活生生的人站在其中。

　　英伦才子阿兰·德波顿写过一本《旅行的艺术》，他用类似小说的方式一样写人物传记，这些人物是那么重要，我们曾在文学、艺术、科学领域仰望过他们；这些片断又是那么感性，没有记录他们的专业成就，而是留下了他们面对远行的地图、陌生的城市、异国的街道所产生的惊讶、抵拒、喜悦和深思。事实上，德波顿向我们揭示了旅行的深层意义，旅行可以加深你我对幸福的体验，这种幸福就是古希腊的——"由理性支配的积极生活所带来的幸福"。我喜欢德波顿所说的那种深层旅行，看到风景背后的内容和生活。

这么多年来，我在很多城市生活过，也去过很多地方，这其中当然也不乏"旅行"。但是现在想起来，我最喜欢的还是那种兴起而往、兴尽而归的旅行，从不做攻略，也从不参团。有一年去清迈，我看到很多人去攻略上说的餐馆吃饭，去攻略上说的素贴寺拜佛，去攻略上推荐的小店里买衣服和小玩意儿，去攻略上点出的地方拍照留念……他们按照攻略索骥，唯恐出来这一趟不值对不起花费，所以要拼命玩尽看尽吃喝尽。事实上，我也很少按照这样的方式去旅行，去拉萨我没有去看布达拉宫，去成都我也没有去看武侯祠和杜甫草堂，去苏州我也没有去看园林，去泰国我也没有去看芭提雅和苏梅岛。我宁愿去看看那些被遮蔽和遗忘的角落，看墙壁斑驳的老房子，去河边歇歇脚，玩玩水，捡捡石头和贝壳，去路边摊尝尝无名小菜，看看墙角仰天而眠的民工、衣角破烂的乞丐、神色匆匆的百姓，这些最不像旅行的方式反而最像旅行，这些最不值得去的地方反而最值得去，因为相比于那些标准化的景点，它们反而更能代表你去的那个地方。

当然，我还喜欢另外一种旅行，也就是"看景不如听景"的那种旅行。事实上，在一场淅沥夜雨或一场鹅毛大雪中卧床捧读一本书而神游八方的那种旅行也是不错的选择，相比于实地到访后"来看了也不过如此"的感叹，这种方式反而更能激发你的想象——想象也是一种旅行，甚至想象才更像一种真正的旅行。

大地上的行者

一

如果承认迷信也有一定道理的话，那么不妨把人的一生看作一段在今生不断寻找前世的过程，不但寻找前世里跟他有关系的人，也在寻找前世里跟他有关系的地方。只有这样，也许才比较容易理解某些人跟某些地方之间隐秘的关系。譬如徐霞客为什么不远千里从江阴老家前往广西上林并且待了 54 天？要知道，这可是他行旅生涯中待得最久的一个地方。而自然界中，似乎也与此有冥冥中的对应，在徐霞客盘桓最久的上林县三里洋渡一带，就有一座虽然并不高大看起来却极像他的山峰。

我并无意重新解释徐霞客的一生，而只是对这个无解命题提出一个小小的进入切口。公元 1637 年（崇祯十年），这一年就像历史上的很多年头一样，虽然也有不少大事发生，但是也并不值得过于一惊一乍。在这一年，张献忠起义了，洪承畴援川了，皇太极按满例扩展了八旗，而在遥远的欧洲郁金香的价格暴跌使无数人倾家荡产，经济陷入数年的衰退之中。这些事件之间似乎并没有太多的关联性，但是它们都构成了那一年的景深，那是徐霞客的景深。这一年，是徐霞客去世之前的倒数第四个年头。12月下旬，还没有过春节，50岁的他就匆匆从江阴老家出发上路了，在细雨寒风中粗衣竹杖前行，从南宁过昆仑关，自21日进入思陇到次年2月15日在红水河登舟而去，徐霞客在上林停留了54天。除了在思陇（现归宾阳）、周安（现划归忻城县）、三里城外、乔贤各住了1天，徐霞客在三里住了50天。按现在的县界来算，他在上林住了52天，而在其他任何地方他都从未待过这么久。

在来上林之前的这一年中，徐霞客还游历了不少地方。譬如他在正月去了江西和湖南，在五月顺漓江而下观览了阳朔，在秋天游历了广西荣州，但为什么在上林待了那么久呢？即使到现在我们也不清楚到底是什么原因让徐霞客在上林待了那么久，也许是天气阴雨不宜于前行？也许是人困马乏要驻足休息？反正在皇皇60万字的《徐霞客游记》中，除了给思陇的900字、给周安和罗木堡的近1000字之外，他用了12000多字描述了上林，从山水到民俗，从人文到地理，从乡野到天象，不一而足。

几年前我在上林待过一段，我到上林的时节跟徐霞客当年去上林的时节几乎一样，除了电线、马路、楼房、车辆和桥梁等现代痕迹之外，所见到的风光田园、山水草木和他所见的应该也是一样的，所以在三里洋渡的河边和稻田陇上行走时，看到不远处群山如黛、炊烟牧牛时，我也不免会把自己当成是徐霞客。正如他所说的，"三里周围石峰，中当土山尽处，风气含和，独盛于此；土膏腴懿，生物茁茂，非他处可及"，这些地理风貌千年如斯，百年如斯，没有人世熙攘，唯有自然进化和岁岁枯荣，置身其中优游，忘却世间蝇营和今夕何夕，真个是独与天地精神往来。不过与徐霞客不同的是，我属于从都市放逐，而他则是从庙堂放逐。今天是一个都市文明吞没乡土文明的时代，在整个都市工商业下，我们被迫匍匐，只有偶尔找个间歇的出口回归山野；而在徐霞客的时代，士举经明、读书为官似乎才是传统的正道，不过徐霞客却跳出了那种正道，像那时的西方人一样追求个人迸发，对"人"的追求胜过对"国家"的追求，就像那些在航海和海盗精神的带领下孜孜以求世界之大的探险家。

不过也有人对此并不认同，在他那本畅销的历史著作《血酬定律》的《县官的隐身份》一篇中，历史学者吴思就考察了明代驿站的流弊，来往的官员和非官员经常让当地的老百姓不堪重负，用海瑞的话说就是——"县官真做了一个驿丞"。在吴思眼中，这县官做的驿丞服务的对象之一就有这位明朝的大旅行家，他以《粤西游日记三》中崇祯十年十一月下旬在广西为例说："徐霞客在广西游历，他无权免费使用公家的驿传系统。但是凭着地方官赠送的马牌，徐霞客却支使村民为他和仆人抬轿赶路。主仆加上行李，动辄要用七八个夫役。村里人手不够时，还用二妇人代舆——让妇女为他抬轿。此外还要供他吃喝，有鱼有肉，煮蛋献浆。"接下来，吴思说："徐霞客是我们的文化精英，但《徐霞客游记》也难免凝结着我们潜规则的文化传统。他旅游的许多费用，就是凭借捆绑和鞭挞的官府之威，违反中央规定，转嫁到了农民身上。在躲避逃亡的农民眼里，这等横吃横喝的过客无异于黑帮。"

不过我觉得，这和历史当时当世的风气有关，与徐霞客的德行无关，更与他的行旅无关。徐霞客本就出身于缙绅富贵之家，有老爷架子也是常态，反而没有老爷架子才不是常态，只是他曾想科举做官而不成，只好寄情山水、专攻游历了。他自从万历三十五年开始漫游到崇祯十年，这段时间大明王朝风雨飘摇，眼看要亡国，虽然说"天下兴亡，匹夫有责"，但徐霞客不去漫游天下就不兴亡了？我们不必以现在的眼光看待历史和历史人物，也不必让历史长河中的每一朵浪花都负起责任，那是苛责大历史中的所有人。事实上，徐霞客不需要去救时救世、谋国谋兵——他也没有这个能力，连内阁首辅张居正都办不到的事，他又能怎么样呢？他只要在旅途中就够了，他只要在漫游中找到自己就够了。在某种意义上，幸好有上林这个"土膏腴懿，生物茁茂"的所在，让徐霞客用 54 天找到了另一个天下，在这个天下里没有王图霸业、西风残照，只有山水稻田、草木长空和年年枯荣的这些景致。

二

曾经有一段时间，我非常迷恋台湾著名音乐家王俊雄先生的《山野幽居》，以至于我的耳机里几个月来都在巡回播放着这首乐曲。虽然年少时也曾沉醉过金戈铁马、边塞豪情的曲子，但是在过了一个年龄段之后，我却偏爱起了这些菩萨低眉的事物。直到现在，我也不知道这究竟是因年龄的变化，还是因成长而带来的心境变迁，而对于徐霞客来说，我想，在某个年龄段之后他身上也不会没有这种变化。

住在上林乡间的某一晚，挑灯夜读徐霞客的《粤西游日记》时，让我突然想起这样一个问题：世间每一种人生的归宿，到底是该听从于集体主义的轨迹，还是该臣服从于自我个体的内心？我之所以想到这一点，倒不是因为我被徐霞客在字里行间记载的行旅见闻所催化了，而是从屡考不中到转而寄情山水的徐霞客身上，我想到了马可波罗等许多其他的旅行家，虽然仗剑天涯的他们并不叫旅行家——旅行家这个称呼是后来的叫法，他们没有头衔，没有名目，只是想去天下之大中领会一番。

徐霞客 50 岁时来到上林，51 岁时开始作滇黔之游，在人生的最后 2 年，他选择了在更偏于南方的山水中行走。无论粤东粤西，还是云南贵州，和北方相比那里的山水形势都是另外一重味道，既险且奇，既人迹罕至又诱人想至。这也许是有原因的，徐霞客既然失意于科举，立志要问奇于名山大川，那么先易后难、先北后南也是当然的。江浙、山东、河南一带，名山胜水一重一复，人文古迹深埋底下一层又一层，不可不看，然而那只是开始，而并非结束，北方之游是要为最后去奇山险川作一层铺垫，练手而已。

1637 年前往广西上林时，徐霞客是一个人来的；但是在他一个人身上，却同时背负着两个人的心愿。之前他在南京结识的静闻和尚，原为江苏迎福寺莲舟法师的法嗣，禅诵达 20 年，刺血写成一部《法华经》，发愿将此经供奉于鸡足山。崇祯九年，静闻和尚与徐霞客结伴西游到了湘江，不幸遇到一伙江洋大盗而坠水，但将写经举于头顶，独不遗失，后来他创病死于途中。临终之时静闻和尚嘱咐徐霞客把他的骨灰和经书带到鸡足山上，生不能如愿，死也要了一念。我不知道，当徐霞客背着静闻和尚的骨灰和

165

刺血写成的经书来到三里洋渡，看到绮丽的山、碧绿的水、奇趣的洞、开阔的田会有什么样的感触，会不会后悔把一生的精力都用来悠游天下，也许他会感到一生的行旅最后是沉甸甸的。

而接下来的云南之游，徐霞客主要是想去看看鸡足山，他先是去了腾冲的火山温泉，在回程时遇到暴雨而跌伤。到鸡足山之后，徐霞客的病势渐渐严重了起来，待了3个月，修成鸡足山志一部。而屋漏偏逢连阴雨，从江阴老家一路跟随而来的顾姓仆人，见徐霞客的病势一日重过一日，眼看归乡已成艰难，于是收拾细软卷款而逃，这对旅途中艰困交加的徐霞客无疑是一个巨大打击。鸡足山雄踞于滇西北，西与大理、洱源毗邻，北与鹤庆相连，因其山势顶耸西北、尾迤东南，前列三支、后伸一岭，形似一只鸡足。公元前900年，释迦牟尼佛的大弟子迦叶携舍利佛牙入定鸡足山，开华首门为道场。徐霞客从上林回到老家后，又辗转数千里来到鸡足山，将经供奉于悉檀寺，在山上为静闻和尚建塔埋骨，并吟诗《哭静闻禅侣》6首以为悼念，其云："晓共云关暮共龛，梵音灯影对偏安。禅销白骨空余梦，瘦比黄花不耐寒。西望有山生死共，东瞻无侣去来难。

故乡只道登临少，魂断天涯只独看。"

在今天的我们看来，虽然徐霞客一辈子都在玩，但事实上他的轻游山水中又何尝没有人生之重？在鸡足山上，供奉完经书，安葬完静闻和尚，徐霞客的病势开始日重一日，到后来甚至到了难以下床行步的境地。最后，还是丽江土司派人把他抬回了江阴老家，途中历经 150 余天，到达湖北黄冈时他已病体难支，黄岗候为他备了一艘快船，让他得以轻舟好过万重山，在 6 天内回到江阴，在 1640 年 6 月徐霞客才得以生还故乡。但到了第二年的正月，徐霞客还是沉疴不起，撒手之际手中还握着他从路上捡回来的两块石头。生于斯，死于斯。一生寄情山水的徐霞客，终于在人生尽头找回了山水的重量。

在徐霞客逗留最久的三里洋渡的那些天，我每天走着他曾经走过的古道，看着他曾经看过的山水，钻着他曾经钻过的岩洞。那些风景，几百年来并没有什么变化，基本上还是原来的样子，但是我去那里的目的和徐霞客显然是不一样的，我去那里的心情和徐霞客显然也是不一样的。对我来说，我是从都市的繁华回到山野的烂漫之中，而徐霞客则是从庙堂来到乡野，我的路很容易，而徐霞客的路很难。在一个重功名、重责任、重家国的传统里，徐霞客的存在本身就是传奇，不但需要勇气，更需要自我肯定。很多人质疑他一生游山玩水，置治国平天下于不顾，置天下兴亡匹夫有责于不顾，是个"人生的逃兵"。但我却觉得天下之大理应能容天下能容之人，有的人属于家国，就让他属于家国；有的人属于山水，那就让他属于山水，各归各安就好了。对于从功名、从庙堂、从集体里出奔的徐霞客这样的先驱们，不再醉心于立功、立德、立言，不再用功于齐家治国平天下，而是去乡野自然中寻找另一种人生路径，这本身就是一种革命的姿态，这姿态先于今天的人300多年，但是方向未必就不正确。

以传统观念来说，徐霞客或许是个人生责任的逃避者。然而从绝对的意义来看，这何尝不是跟文艺复兴时期开始的以人为本、从神到人的泅渡一样？只不过我们没有神，我们的神是一种往高处走的志向——庙堂和往人群里走的胸襟——天下；而反过来，我们的"以人为本"则可以说是从庙堂和天下里撤退回来，撤退到自己的兴味和志趣里，从那种"大"里撤退到自己的"小"里。事实上，不修身齐家治国平天下也未必就是一种罪过——虽然在传统的儒家观念里那的确是一种不上进，但是从某种更加现代和个人的角度来说，每个人都有做徐霞客、张岱、沈复的权利，都有寻找自己的权利。从庙堂到乡野并不遥远，最遥远的其实在我们心头之间。在从一种旧观念到一种新价值这条并不遥远的道路上，徐霞客用了一生，而我们呢，我们倾尽一生是否也能找到我们应该走的那条道路的入口？

哭笑记

　　如果我问你现在还会不会哭了、会不会笑了，这个问题一定会被你认为是个伪命题，但是如果我换一种问法——你多久没有哭过了、多久没有笑过了，那么你很可能会认真地想上一番。这就说明了问题的所在，事实上，你已经很久没有哭过了，也很久没有笑过了，在这里我所说的是那种真正的哭和真正的笑。

　　哭是人的一种基本情绪，是从娘胎里带出来的，所有人对这个世界的第一声问候都是用哭声来表达的。那是因为在刚出生时，婴儿的肺泡是闭锁的，胸廓还处于曲缩的状态，而哭能帮助婴儿肺泡张开，让胸腔扩大，得以顺畅地呼吸。等婴儿能熟练呼吸氧气后，就不用再借助哭了。小孩子的哭啼是最烦心的。我虽然是个男孩子，但我小时候也爱哭，而且经常哭得莫名其妙。因为顽皮被父亲打了哭，因为得不到想要的东西哭，晚上睡不着觉也哭，尤其是晚上睡觉时的哭最没来由。闹这闹那，父亲只好又打一顿，我哭得更厉害了，但哭过就好，就老实了。我这般哭法，被朋友们说成是贱，骨头里就贱，对我好要哭，对我坏也要哭，怎么样都不讨我的好。如果真有前世的话，不知道我是受了多大的冤屈，一碗孟婆汤都不足以让我忘记。

林黛玉也爱哭，然而她不是没有喝孟婆汤，也不是牵挂前世爱恨，而是为报灌溉之恩。《红楼梦》里说，因西方灵河岸边、三生石畔有绛珠草一株。神瑛侍者日以甘露灌溉，绛珠草才不枯死，受天地之精华，又加雨露滋润，修成了女儿身，终日游于离恨天外，饥则食蜜青果，渴则饮愁海海水。只因还没报浇灌之恩，体内郁结着一段缠绵之意。后来神瑛侍者下凡，绛珠仙子说：他是甘露之惠，我并无水还他，但把我一生的眼泪还给他，恐怕也够了。那神瑛侍者就是贾宝玉，绛珠仙子就是林黛玉。林黛玉对他哭来哭去、爱来爱去，原只是为了报恩，所以她要哭一辈子，把眼泪都还回去，求得一个清清白白的绛珠草的本身。

对我们来说，哭是一种自然表情，是一种情感和情绪的基本表达。然而今天很多人都不会哭了，既不会高兴到喜极而泣，也不会悲伤到涕泪横流，事实上哭已经在我们的表达方式中被剔除了出去。比如小时候我们会因害怕而哭，怕没考好回家挨骂，怕一个人走夜路，都会哭，哭是我们在面对害怕和恐惧时的一种应激、一种排解，也是我们在脆弱无助时一种无能为力的表达。华山有一段险要的小道，名为苍龙岭，位置在救苦台南、五云峰下，坡度近乎七八十度，犹如一条悬挂的龙脊。据说韩愈游华山，到了苍龙岭看到其如履薄刃、绝壁千尺，走在上面犹如踩在云端，他一时吓得畏险大哭，于是给家人写信诀别，并投书求救，被华阴县令派人抬下山。这里韩愈的大哭，就是一种自然表情。在空无一人的深山，他没有必要演给别人看，而是面对这样的险峻，面对自己上不能上、下不能下的处境，一种内心和环境的交感，所以哭。

今天很多人没有眼泪了，是因为人生的艰困和辗转，已经磨去了他们使用眼泪的这种表达方式，他们对人生有一种无奈和麻木，这不是说他们铁石心肠，而是说他们已经不会哭了；还有一种没有眼泪，就像是有人说的"男人要流血，不要流泪"，性别的角色、担当和社会的眼光，已经堵住了泪腺，眼泪被赋予了脆弱、情绪化和无能等负面意义，而掩盖了眼泪在宣泄和表达中的价值。对于哭，我

172

们其实一直都有偏见，觉得哭就是女性的，是软弱的，是消极的。事实上，铁骨铮铮的关东大汉，也一样可以哭，而他的哭藏在平日的阳刚背后，更是真实自我的流露。不过对男人的眼泪，幸好还有一句"男儿有泪不轻弹，只是未到伤心处"。中国人每每到了一个极端，常常会往相反的方向转过去，比如乐极生悲，比如塞翁失马焉知非福，对哭也是。男人最后的哭是可以原谅的，那是把男人还给了人，还给了天地，没有性别，也没有承当，只是世上的一个人，可以有委屈，可以有苦难，可以有伤心，所以那时男人哭吧哭吧不是罪。

其实表情是有重量的，如果说哭是重的，那么笑就是轻的。因为轻所以上扬，不断往天空深处飘去，这种飘散会带走你不愉快的心事，让你的每一寸肌肤、每一个毛孔都舒展开来，把情绪释放出来。笑是一种五官的综合，眉毛要挑，嘴角要扬，脸上的肉要绷紧。假笑是可以看得出的，我们常常说某个人的笑是"皮笑肉不笑"，就是说那笑不真诚不自然。笑一定要从肉中发出来，才是真的笑，是用你的感官在笑，是下意识的；而皮笑则是用意识在笑，是控制出来的笑。我最喜欢看鱼尾纹，有些刚过 40 岁的人，眼角的鱼尾纹就已经很深了，但我觉得那不是衰老的象征，而是岁月把他的笑痕迹化了，那是平日里经常笑的作用力。一个鱼尾纹很深的人，他的人生一定喜悦多于苦难，至少在他心里是这样，他是放达的、通透的，不黏不滞不腻。如果有谁能见到苏东坡，那么一定能看到他有很长鱼尾纹，一定会常听到他的笑声。

在所有死亡里，有一种死最让人向往，那就是笑死。《说岳全传》里，金兀术最后被牛皋打倒在地，牛皋看到不可一世的金兀术竟然成了自己的手下败将，于是一阵大笑，并在大笑中死去。金兀术回头一看，打倒自己的竟然是自己一直都瞧不起的牛皋，不由得也活活气死了。这个典故，就是"笑死牛皋，气死金兀术"的由来。笑能笑死人，是因为情绪波动太大，引发心脏和呼吸停止。然而在笑的时候死去，却是最不痛苦的，就像是"宁为花下死，做鬼也风流"，这笑声虽然是夺命的表达，却也是渡去彼岸最好的舟。

比较起来，哭是个人性的，是比较自我的一种表达和宣泄，心中的委屈和柔软只愿意袒露给自己听；而笑却是有对象的，你很少见到一个人自己笑，笑是相互的、关系性的。但是我们也经常说"笑到最后才是真正的笑"，到那时候笑又是最孤独、最自我的，就像古代的侠客，他们的笑就有一股惆怅和悲凉，像是看尽浮华世界之后，对众生和尘世的逃离，找回自我。在电影《笑傲江湖》里，黄霑写过的词《沧海一声笑》：沧海笑，滔滔两岸潮，浮沉随浪记今朝。苍天笑，纷纷世上潮，谁负谁胜出天知晓。江山笑，烟雨遥，涛浪淘尽红尘俗世知多少。清风笑，竟惹寂寥，豪情还剩了一襟晚照。苍生笑，不再寂寥，豪情仍在痴痴笑笑。无论是沧海笑、苍天笑、江山笑、清风笑，还是苍生笑，最后都是"世人笑我太疯癫，我笑世人看不穿"。这些笑声背后，人世的酸甜苦辣千万年，有谁能在那些笑里觅得真意？我们今天的很多笑，其实是被开发出来的。空姐和礼仪小姐的笑是职业和礼仪需要，跟熟人朋友寒暄时笑是一种礼貌，笑成了一种社会和交往的笑。而今天无数的笑话、喜剧、小品和相声，也都在逗我们笑，虽然我们也是真心在笑，但起因却是人造的。这种笑当然能让我们开怀，暂时忘却尘世种种，不过看多了却不再能笑出来，因为它们不是能让人会心的。我怀念的哭，是以前做错事被骂后的哭，是疼痛时的哭；我怀念的笑，是小时吃饱了躺在树荫里碎阳光撒在脸上的笑，是少年时被嫂子们戏问羞涩的笑。因为它们都源于我本身本心。

那样的哭和笑以及它们组合起来的表情，是我那贫寒岁月里最富裕的情绪和身体经验。打个比方说，我觉得哭就像是人生的盐，是偏向于咸的那一部分；而笑就像是人生的糖，是偏向于甜的那一部分。而愤怒、平静、惆怅、无奈、绝望等等，则是苦、淡、酸、麻、辣，每一种表情和情绪，都可以对应一种味道，这些情绪组合起来才能构成一个真实的、有血肉的人，才形成人世里的斑斓多姿。而长大后，小时候的表情似乎也会跟着变老，变得世故起来，变得不真实起来。那些哭和笑，那些愤怒、平静、惆怅、无奈、绝望都一点点被吞噬掉，它们悄悄地流出你的身体，流出你的表情，你不得不建立起另一套哭和笑。那些弃你远去的单纯的表情，躲藏在你久远而模糊的记忆里，一直等一直等，等到你须发皆白的时候再跑出来。

时至今日，年轻人闲谈时会有一些年轻人独有的表达，你经常能听到一些属于他们的词语，比如"我靠""哇噻""My God"等等，这其实是因为我们的神态和表情，在表情达意的指向性和丰富性上是在降低的，所以我们要借助声音、手势和肢体去夸张去渲染，才能达到一种期待的效果。现在的很多戏和电影也是这样，你也可以发现演员们的神态、动作都很夸张，这种夸张，是因为他们需要把表情表演出来。这也许是一种美学设计的必要，但是我却觉得或许因为我们对自己的表情麻木了，对别人的表情也麻木了，在日常生活中丢掉了很多细微的观察和体味，所以需要夸张的肢体动作和喜怒哀乐才能感受到哭是哭、笑是笑。这是我们忽略表情的代价。在今天，我最想找回的，是曾经的笑容和泪水，是背影里的惆怅和孤独，是神态的细腻和情绪的深刻。那是我们的身体在千万年的摸索、适应和调整中建立的表达情意的一种真诚。

最后，就用最近读过的意大利作家阿尔贝托·莫拉维亚在《冷漠的人》中的一段话作为结束吧：

"当初的世界该有多么美好啊……当初，我们可以不必瞻前顾后，可以按第一个出现的冲动行事；当初，生活不像现在这么平庸可笑，而是激情满怀：人们死得爽快，爱得认真，互相杀戮，互相憎恨，由于真正的不幸而洒下真正的眼泪；当初，所有的人都有血有肉，都像树木扎根在土地上那样与现实紧密相连。"……他想生活在那种具有强烈感情冲突和真挚感情的年代，想产生那种令人咬牙切齿的深仇大恨，想使自己的感情上升到没有限制的境界……但他却留在自己的时代和自己的生活中，留在这个尘世上。

霓裳羽衣曲

很多年前，在春节期间去过一次泰国清迈，最有印象的是那里的树木和植物。因为地处热带，热量和水分都很充足，你能看到很多高迈挺拔的大树，枝干笔直向上，用力地往空中伸展出一个巨大的架子，架子上是宽大肥厚的树叶，松蓬蓬地包着整个树架子，就像树木的衣裳。

这常常让我想起小时候穿的衣服，想起床上铺的被单、被罩、枕巾。那时候的乡下，基本上家家户户还种棉花，家家户户还有纺车和织布机。农人们穿的盖的都是自己织出来的，先用纺车把弹好的棉花纺成线，再一锭锭在织布机上织成，衣服也是按尺寸裁剪在缝纫机上缝制的。这种布料的透气性很好，又能吸汗，即使看起来粗粗笨笨的，一点也不洋气时髦，然而穿在身上时你还是会觉得皮肤和空气是在接触的，不会被隔开。然而小时候读书时，看着周围的同学穿着买的衣服，既挺括又洋气，我（们）还是会羡慕，同时也有一种自卑。从那时候开始，我就对棉布有了抵触，做梦都想穿一件工厂里做出来的洋装。彼时我并不知道，那种自卑和向往就是一种欲望。既是人的欲望，也是衣裳的欲望。

原始人是不穿衣裳的，后来穿衣裳，也是用树叶和草皮围起来就算是衣裳了，这也就是"未有丝麻，衣其羽皮"那个阶段，衣裳是用来略略遮羞而已。他们袒露着有浓重毛发和异味的肉体，以风为衣，在山间摘果猎食，如鸟翔空中、鱼入湖海。到了今天，很多人喜欢裸泳、裸晒、裸睡，也许就是身体想回到一种自然原始的状态，把衣裳带给我们的审美和道德再从身体到心底都剥除掉。在基督教里，人类祖先也是不穿衣服的，伊甸园里的亚当和夏娃都赤身裸体，后来他们受蛇引诱偷吃了果子，就开始有了七情六欲，就开始有了羞耻之心，就羞愧地用无花果的叶子连缀成衣，遮住私处。所以人类始祖的衣裳，凝聚的是一种羞愧的情绪，而不单是御寒。我喜欢"衣裳"这个词，不喜欢衣服和服装的说法。从延伸的意思上说，"服"是服从一种规矩和礼仪，而"裳"是自然和光明。在古代"裳"指的是遮蔽下体的裙子，上半身穿的才是衣，《诗经》里就有"绿衣黄裳"。因为古人纺工简陋，布的幅面很狭窄，一件裙子要用几块狭幅布拼起来，就像我们今天在厨房里戴的围裙。这种衣服，直到周朝的时候还有，作为礼服的一种而保留着，在祭祀和朝会时穿。

在机器生产引入中国以前，中国人穿的基本上是丝和麻——有钱的人穿丝穿绸，贫寒的人家穿麻。珍珠是贝吃了微生物后以分泌的体液凝结成的宝石，其实丝绸也差不多是这样的，丝绸是蚕吃饱了桑叶吐成丝再制作出来的，细密精微，摸上去如玉似水般光滑。麻布是用麻的纤维织成的布，我小时候家里还经常种麻，麻的皮要在水里沤一段才能剥掉，然后再晒干，沤麻的水非常酸臭，麻穿在身上是涩涩的。无论丝还是麻，做成的衣服都有植物的味道，都是自然所赐，透光透风透汗。不像今天我们穿的衣服，大多都是合成的布料，腈纶、涤纶、氨纶、锦纶、维纶，都是化学方法制成的。在汉代的墓里，还曾出土有金缕玉衣，金玉是皇帝死后穿的殓服。中山靖王刘胜夫妇的墓里，就有两套金缕玉衣，每套各由两千多玉片用金丝编缀而成。在汉代，玉是山岳的精英，把金玉放在人的九窍外，精气就不会外泄，尸骨能够不腐，可以求得来世的再生。这金缕玉衣即是皇帝死后的欲望，一辈子的富贵还不够，还要世世代代再来享受荣华。

在绫罗绸缎和粗麻粗布中，我们实现了身体的遮蔽，实现了御寒保暖，也实现了道德礼仪，还实现了服饰在形而上意义上的转化。唐朝歌舞中最有名的《霓裳羽衣曲》，原是唐玄宗李隆基作的曲，安史之乱后失传了。后来李煜和周后娥皇在残谱上补齐，夜夜欢唱。再后来是北宋大军南下，金陵城破，李后主下令将曲谱烧毁。在屈原的《楚辞》中也有霓裳，"青云衣兮白霓裳，举长矢兮射天狼"。霓是彩虹的一种，也被叫作副虹，它的成因和虹一样，只是光线在水珠中多了一次反射，内有红色，外呈紫色。霓裳就是神仙穿的衣裳。南唐是绚烂繁华的，躲在江南一隅里尽情尽兴地挥霍这种奢侈，"晚妆初了明肌雪，春殿嫔娥鱼贯列。凤箫吹断水云闲，重按霓裳歌遍彻"。这烂漫动听的霓裳歌舞，其实就是李后主的衣裳，就是南唐江山的衣裳。这霓裳是中国人最原始又最华美的衣衫，它不单是神仙的衣裳，同时也是天下的衣裳。

无论是在颜色还是款式上，少数民族的服装和汉族的服装都很不一样。跟汉族的服装相比，少数民族的服装完全可以称得上霓裳，就像彩虹一样光彩夺目。苗族的女装最盛放鲜艳，在织、绣、挑、染的工艺下，融入红、黑、白、黄、蓝等多种强烈的对比色彩，层层叠叠，配合着银色饰品，形成一种颜色的浓郁和厚重的艳丽。而壮族的女子，还更擅长纺织和刺绣，她们所织的壮布和壮锦，图案精美，色彩艳丽，还有风格别致的"蜡染"。壮族的女装，还特别喜欢在鞋、帽、胸兜上用五色丝线绣上花纹，有人物、鸟兽和花卉等等，五花八门，色彩斑斓，尤其是敢用很大块的红色和明黄色。也许这是因为，少数民族的人们都有着自己的图腾和色彩，对生活和世界还充满梦想，也还没有被汉族的文明和穿着同化掉。而汉族人的服装，你却很少见到花花绿绿的，也很少有彩色，读书人穿的都是青布长衫，以青、黑和灰为主，要内敛不外扬，要克己复礼。少数民族没有这样的节制与克制，因为接触的都是自然之色，所以有乡野里的烂漫。

我有一个做摄影的朋友梁汉昌，他常年在广西、云南、贵州、广东的大山里拍侗、苗、壮、仫佬等民族的服装，十几年间跋涉了几十万公里，风雨不避，饥渴不避，至今还行走在少数民族衣裳的斑斓之中。他说，每次带他上路的就是少数民族这种源于自然的灿烂之色。事实上我们都知道，在很长一段年月里灰暗、黑色、深色牢牢成了我们所有人的色调，这些色调代表着一种朴素和节俭，一种纯洁和高尚，你只能把这些颜色穿在身上。在当时的意识里，五颜六色是腐朽堕落的，是有伤风化的，是不道德的。沈从文是文学大家，他最好的作品《边城》《湘行散记》等，都写在 1949 年之前。在新中国成立后，他一度被称为"粉红色文人"，说他情调有问题，于是他被迫辍笔，埋首于故宫的红墙黄瓦后研究文物 15 年之久，完成了一部《中国古代服饰研究》。然而歪曲他的人又何尝知道中国古代的服饰中也有五颜六色七彩？沈从文在一个山苍生失彩的年代里，得以在古人的绚烂和繁华中浸润多年，也算是找到他的霓裳了。

20 世纪 80 年代之后，我们的朝气才散发出来，大街小巷中喇叭裤如一夜春笋，人人争穿。但这朝气却不是自己的，而是外来的、西方人的，我们丢掉了自己的衣裳美学。衣裳原是为了蔽体御寒而穿，后来才慢慢成为一种装饰，从它的好坏贵贱你可以看到一个人的生活、收入、消费、地位和品味，看到他衣帽穿着背后的东西。我们常说

"佛靠金装，人靠衣装""人靠衣装马靠鞍"，衣服与人，在审美介入之后，开始靠淡化甚至削弱舒适性，来提升它的审美性。我敢说，我们每天出门穿的大部分衣服，都没那么舒适，因为是要给别人看的，是审美意义上的穿，不全是为了身体本身。尤其是女人的衣裳，更是为了一个美字。跟女性比起来，男性的服装实在逊色，这也许是因为男人是沉稳的、内敛的，女人是泼辣的、张扬的，万物的雌性大多如此。唯独孔雀是一个例外，春天里展开五彩缤纷、色泽艳丽尾屏的，不是雌孔雀，而是雄孔雀，它们不停地做出各种优美的舞蹈和动作，向雌孔雀炫耀自己的美丽，以此吸引对方前来交媾承欢。

现代审美的一个误区在于，我们总会觉得女性穿得越少越好，因为穿得少了才有暴露，才会产生性吸引。有一本书叫《服装的欲望史》，讲的就是女性的服装承载着男人的欲望，男性看女性穿衣——或者说女性看女性穿衣也是这样，是有一种性心理的参与在里面。但是事实上，女性穿衣服未必是越少才越好，其实有很多时候反而是反过来的，暴露得越少反而才越有吸引力，才能形成一种张力。对于这一点，有一个最好的解释就是，为什么我们会觉得穿军装和制服的女性会很好看？那或许就是因为制服——军装也是一种制服——的那种硬和阳刚衬托了女性的柔媚，同时又赋予了女性的阴柔以力量。这也就像偷情，我们说偷情最好的结果就是"妻不如妾，妾不如偷，偷不如偷不着"，女性和服装也是这个道理，你想看到的总让你看不到，反而才最能构成一种诱惑。从古到今的服装演变，可以让我们明白的一点是，人心的变化莫测都在服装上体现得淋漓尽致，这也是一种道。古人说"易观天下"，其实换句话说，又何尝不是"衣观天下"？

怀念落后

在城市里生活久了，越来越喜欢两个地方，一个是厨房，一个是菜市场。之所以是这两个地方，我想是因为它们都是能让人找到生活本来面目的地方，一种生活的发自本能的驱动力，一种物质的琳琅满目的丰盛。因为父亲做过乡村流水席的厨师，所以我从小就对各种食材十分熟悉而且充满天然的感情，尤其是各种佐料和调味品——花椒、大料、香叶、茴香、陈皮、桂皮——即使不用，单单就是捧在手心里轻轻一闻，那种来自于植物本身的味道也是极为诱人的。菜市场是一个能打通所有人的地方——无论是谁总都要去菜市场吧，东头有人卖蔬菜百果，西头有人卖鸡鸭海鲜，中间有人卖三鲜干菜，在那些食材面前人才成了人，每一个人才会直面最深沉而真实的人生。民以食为天，天底下熙来攘往的是一茬接一茬的饮食男女。

住在城市里，也喜欢从高处鸟瞰万家灯火。上一次看万家灯火，是在台湾南投县仁爱乡的大山里——也就是赛德克族人当年抗日的雾社，那里是海拔两三千米的中央山脉分界处，巍峨的山巅密林里又不失溪流的柔美和秀丽。我住在山坡顶上一家叫作"英格曼"的民宿，晚饭之前我到阳台上远眺，那时候太阳刚刚落山，山雾蒸腾，暮色四合，远方三面斜着的山坡上星辰般地点缀着黄黄绿绿的灯火，仰卧在这样安静的夜色中，能隐隐地听到一阵阵的狗叫声。看着这样的灯火和夜色，你会想象那盏灯火背后的人和事，想象桌子上饭菜的热气和香味，想象母亲正在呼唤里屋沉迷于游戏的小朋友吃饭，而父亲则驮着一天的疲惫刚刚推开家门；你会想象在这样的山坡上，有多少个这样的家庭，而在更遥远的地方，在全世界，又有多少这种灯火下的人家。这是一幅温暖的人间景象，所有人都在生活那里找到了归宿，找到了原动力。

俗话说，家有一老，如有一宝。的确是这样的，我是很喜欢跟老年人一起生活的，从小就喜欢。跟他们在一起时，会感受到那种扑面而来的、无所不在的生活之气，也许老年人出身于那样传统的价值观念之下，规矩和讲究会很多，会看不惯年轻人的种种，但是你从他们的一粥一饭、一言一行中能感受到生活本身的重量和质感，虽然只是一介升斗小民，没有英雄热血，也没有理想家的心胸，你却能从他们身上看到一种安定和从容，生活就像墨水滴在宣纸上一样，缓缓地洇开去。今天的年轻人，已经不懂得怎么从生活本身寻找乐趣和安静了，生活成了一种负累，成了我们寻找快乐和刺激的一种牵绊，在一个快和多占主导的世界中，我们没心思去好好做一顿饭，没工夫去写一页纸的字，没有时间去欣赏一次夕阳和彩霞，甚至不会在春天放一次风筝。最重要的是，今天的人已经不会生活了，已经不懂得什么样的生活才是生活本身了。

很喜欢李安那些充满生活元气和生活细节的电影，譬如《饮食男女》。全台北最了不起的名厨、圆山大饭店的大师傅老朱，老婆早早去世，他把三个女儿家宁、家倩和家珍拉扯长大，后来三个女儿在事业上各有一番天地，在情感上也各有自己的归属，她们性情各异，充满叛逆，跟老朱之间会有一种两代人的隔膜。老朱每天做的，就是早上一早就把三个女儿喊起来上班，白天杀鸡、宰鱼，或清蒸，或红烧，或乱炖，做一桌子各种各样好吃的饭菜，等三个女儿回来围坐在一起吃，而他却几乎不怎么吃，因为他的味觉丧失了，吃什么都觉得跟吃粗茶淡饭一样。其实，这一家人的情感是单调的、苦涩的，而老朱则是在做菜的烹炒中，在女儿们的吞咽之间寻找归属。加缪说，人生越没有意义越值得过。其实，生活本身确实没有意义，而我们要做的，是去给生活赋予意义，跟一顿饭、一根烟、一个人、一件事建立起一种关系和情感来。

毛姆在《月亮和六便士》中说，有些人在出生的地方就像是过客，从孩提时代就非常熟悉的浓荫郁郁的小巷，同小伙伴游戏其中的人烟稠密的街衢，对他们来说不过是旅途中的一个宿站，但有时候一个人偶然到了一个地方，会神秘地感到这正是自己的栖身之所，是他一直在寻找的家园，于是他就在这些从未寓目的景物里，从不相识的人群中定居下来，倒好像这里的一切都是他从小就熟稔的一样。在很多地方，我也都会产生这样的"熟稔"之感，后来我发现我想待下来作为栖身之所的这样的地方都有一个共同之处，那就是显得比较"落后"和"破旧"，台北有这种"落后"和"破旧"，香港也有这种"落后"和"破旧"，这种"落后"和"破旧"其实也就是人的痕迹，也就是人在那里生活过或者还在生活着的痕迹，是那种痕迹在吸引着我。

　　有一年在成都，朋友带我去见一个修古书的中年男人。他是个 40 多岁的汉子，住在四川师范大学附近的一条破巷子里，家中也不大，院子的水泥地面上长着一层青苔，一旁摆着几盆花花草草。他修古书的作坊，就在院子里，是自己搭建的一个茅草棚，桌面上摆着他正修补的一个残破的长卷，缺字少字的部分，他就用同样的纸写了字补上去。他的母亲在正屋里，一个慈祥而温和的老太太，家中虽然都是古董式的家具，却让人觉得很温暖很干净，是正经过日子的。修古书的朋友带我们去喝酒，就在街角一家小小的店面里，要了四叠下酒的凉菜，用小小的碟子盛着。朋友跟我说，这位修古书的朋友经常一个人喝酒，喝着喝着会哼唱起来。我看他喝酒，像对酒有一种虔诚，极为平稳地捏起酒盅，那酒像是要溢出来一样，但是在他手里却稳稳的，他抽烟也是，用力吸一口吐出来，沉浸在那团烟雾中静静享受。他的咀嚼、喝酒和抽烟，让我想起阿城的小说《棋王》里的王一生来，"文革"中在云南上山下乡的王一生，因为饥饿的经历，对吃和食物敬若天地。坐在修古书的朋友面前，他那种对食物的敬意，对烟酒教徒般的虔诚，不禁让我感受到一种对生活的大归属和大虔诚。他吃饭、喝酒和抽烟的一举一止，都像是对生活有着深情的投入，在我看来像是一种仪式，而在他却是那样的寻常和悠闲，一个没有生活经验和经历的人，是绝对做不到这样的。

当然了，对于生活的归属，也可能落在很多方面，譬如一只猫、一只狗身上。有人养猫，有人养狗，有人养宠物猪，在一个快节奏的生活步调中，他们像养孩子一样养它们，使出在别的方面从未有过的耐心、仔细和关爱，为它们准备吃的喝的，给它们看病打针，甚至看成家庭里的一员。养了十几年的老狗死了，一个当过兵、做过生意、经历过大起大落的男人，平时坚强得像个硬汉，为什么也会哭得一把鼻子一把泪的？他平时在人前人后和生活磨砺中藏起来的情感，从不轻易坦露的柔软，会在一只从来不会说话的狗面前坦诚，这是一个人对一只狗的情感归属，也是对他们相伴的归属。女人更爱养宠物，因为她们在人那里，在男人那里，能得到的情感回报更少，所以她们宁愿相信一只狗，也不相信人。就像200多年前法国大革命中被雅各宾派送上断头台的罗兰夫人的那句话，认识的人越多我越喜欢狗。其实，这是在人情失落的年代于生活层面对自我情感的另外一种补偿，因为忠诚的、单纯的品质在人的身上渐渐失去了，但在猫和狗身上还更容易找到，而且能更长久不渝。

事实上，所谓的人生悲欢冷暖，那些用力生活着的人们比我们体会更深，因为他们更懂得甘苦，一把菜、一斤鸡蛋、一斤肉、一尺布对他们来说有着一分一寸的重量感和经验值。而对消费主义了的我们来说，价钱的高与低、高多少和低多少其实不关太大痛痒，我们在渐渐丧失对生活重量的感知。世间的千万种滋味，正是要在尘世艰危的苦累之中沉下去，才能沁入心头，而不至于只是纸上谈兵，或者糊里糊涂的盲人摸象。我怀念的即是现在已经消逝的、停留在过去时光深处的那些生活细节和生活方式。那是一个传统还未曾远去、物质才刚刚发达的社会，每个人都过着带有质地、细节和心意的生活，生活还在以灿烂的姿态在每个人身上铺展开来，我们的物欲、贪心和刺激感还包裹在刚刚被解放开的人性蓓蕾中，有一种面对新时代的喜悦，还没有产生贪欢的念头。那时候，我们还能安于生活本身的节奏，会享受一顿好吃的饭菜，会在庭院的树荫里安心下棋，会在一个闷热的午后看半天书，也会对一个刚刚萌芽的新时代充满向往。那时候，我们对自然还有一种亲近，还有田野，天空中还有飞鸟，墙角还有昆虫，屋里还有老鼠，墙外的树杈上还有鸟笼，在生活的苦难和快乐里我们都能找到安身之地。然而，时至今日，那样的日子和时代已经永远地一去不复返了，在一个由"新潮"引领一切的时代，很多人都开始匍匐于被挖掘和刺激出来的那点儿不值得一提的欲望，生活本身成为一只断了线的在天空中越飞越远的风筝。

与逝者为邻

以前的美国乡下，据说大多是一户人家自成一个单位，很少有屋檐相接的邻舍，这可能是他们早年历史上开拓殖民时代的痕迹，人少地多，他们也保持了个别负责、独来独往的精神。而中国的乡下，大多是聚村而居，虽然大山之中也有一两户人家的村庄，譬如广西、云南的有些村庄，全村甚至只有一个人，但终归是极少数，常态仍然是村居。村居的人们生于斯、老于斯，常态的生活是告老还乡，每个人都是在人家眼里看着长大的，在他周围的人也都是从小看惯的，这是一个"熟悉"的社会，是一个没有陌生人的社会。

如今的都市社会是一个人与人隔离的社会，除非是彼此之间非常知根知底的人，我们对大多数人，即使是对邻居，彼此也是不信任和基本上不来往的，那是一种各自为我、彼此冷漠的状态。然而在我去过的西北、西南许多偏远地区的山乡之中，人与人之间还保有一种很"古"的亲近，无论熟与不熟他们都会对你有一种天然的信任，会由着长年累月积攒和沉淀下来的对待熟人的方式去对待你。在甘肃，我在一个只有十几户人家的村子中留宿，临睡前悄悄关好房门，因为没有门闩，我还用椅子抵住，半夜去院子里上厕所的时候，才发现这户人家家堂屋的大门竟然夜里都没有关，让我相信当今仍然能礼失求诸野，在现代文明所不及的偏僻山村，他们仍在上演着中国传统社会中路不拾遗、夜不闭户的情形。

有一年去广西上林，曾在很多乡村中行走，我发现那里至今还保留着那种源于自然传统的真实状态，虽然我很难举出太多惊奇曲折的动人实例，但是在一路上却能随处随地感受到这样的细节——宏大可能会欺骗人，但是细节永远不会。譬如，在澄泰乡的洋渡村村口，有一个下河的小码头，有几艘捕鱼者的木船停泊在水岸边，我到舟中临水玩桨时，发现这些木船竟然只是系在竹竿之上，没有上锁，也没有人看管；再譬如第二次去不孤村拜访周承信先生时，从村中开车出来走到汝南门前，一位素不相识的70岁左右的老婆婆看到我们要走，就隔着车窗一再邀请我们去她家中喝粥，她说自己有四个崽，对她都一样好。

一路上，我们看到街头巷尾的村妪村夫安详如素，有的正牵着老牛悠闲地从田野里归来，有的正担着干柴往村里赶路，有的正在村头的空地上忙着烧炭，他们不管是忙还是闲、不管有意还是无意，看到我们都会随便搭上几句话。我不知道这种人与人之间亲近感在多少地方已经消失了，但是我在都市社会里很少感受到，在我去过的比较现代化和城镇化的地方也很少感受到，我不明白这是礼失求诸野的"野"所造成的，还是跟土地和大地、跟庄稼和山林的熏养有关系，也许归功于此地尚未消散的传统社会更合适。

如果说当地人和当地人的熟悉是乡情、当地人和外地人的亲近是礼节，用民风淳朴、世风尚古都可以解释之外，那么难以解释的是这些山乡之中的村人对逝者的态度，我不知道除了"熟悉"还有没有更合适的阐释通路，也许只有"熟悉"才是他们牢固的依靠。在去地处上林西北部的塘红乡的石门村寻找龙母文化的传说和遗址时，我在靠近"特掘"发源地石南海的村头转悠。在村舍房屋旁的空地上，我看到这样的一方墓园，这方四周用石块砌低矮围栏的墓园并不大，荒草满园，几乎已经难以踏足，我走到那块虽然已经斑驳但仔细辨认依然清晰可见的墓碑前，想寻找一点跟此地相关的记载，最后找到这样的介绍：墓主去世于光绪十八年，是石门村的一介儒生。事迹虽然并不波澜壮阔，但对家人来说，也是勒石为念的一种寄托。

对于长眠于此的墓主我并不是太关心，我想到的一个问题是，墓园选在这里固然是好，后靠山前临水，枕坡而能望海，从风水格局上看当然是上佳之地，但是对日日生活于此的村人来说，难道不会感到害怕和恐惧么？事实上无独有偶，在三里洋渡旁边的情侣峰下的空地上，也有一个这样坟冢，坟堆已经不见，只剩下墓碑和碑后面两块半露半埋的青石，墓主也是乡间自封的八品儒生，立碑时间也大致相仿，那里既邻村亦临河，往来的也都是牧牛的农人和洗衣汲水的村妇，他们日日往来于此，难道也没有什么顾虑吗？

以今天的眼光来看，逝者与生者在环境上这样的交错不分，的确是一种很大的忌讳，在心理上也会有所芥蒂，但是在 100 多年前并不太古的古人看来，这却是非常正常的。阴阳共存，生者与死者完全可以并存于一块共用的水土之上，这一点我想是不是可以称为中国传统乡土社会所形成的一种独有观念？在那片比邻而居的村庄中，他们拥有共同的生活方式和乡土观念，或者拥有盘根错节的宗族关系，即使地位不平，即使辈分不等，即使财力不同，但是却熟悉彼此的生活范围，熟知彼此的品质、秉性和脾气，即使是去了另外一个世界，也因为熟悉所以并不害怕，因为熟悉所以不会没有安全感——这并不是说他们的境界已经高迈到可以超越生死，而是说他们对已经故去的村人也可以当成是仍旧在现实生活中存在着的一员。

也许是因为一直处于尚未被开发的状态，也许是因为一直没有被现代社会裹挟，即使时代已经来到今天，但我在乡下很多地方所遇到的那些村夫村妇仍然在待人接物上非常"古老"，言谈举止、迎来送往都能恪守他们用乡土社会的"熟悉"所建立起来的节奏和态度。在《乡土中国》中，费孝通先生说："乡土社会的信用并不是对契约的重视，而是发生于对一种行为的规矩熟悉到不假思索时的可靠性。"而我们所处的城市社会，是不是正因为太缺少那样的"熟悉"基础，才那么没有安全感？才要用契约和物质来满足安全感？

空、静和慢

一

秋天的天空之所以是美的，是因为秋天的天空是留白的，是空的。在你和云朵之间，有一种无边无际的空，这种空虽然你抓不住也摸不着，但是它却有一种美，那是天地之间的大美。说到空，很多人容易联想到中国的书法和绘画，因为留白是非常重要的一种空。在中国美学里，空在很多时候是美的底子，包含万象，一切都是在这空的底子上垒砌起来的。中国美学里的空，称为留白，在方寸间显耀天地的宽广辽阔，南宋马远的《寒江独钓图》，只有画中一只小舟、一个垂钓的渔翁，不见一丝水，却让人感到烟波浩渺，满幅皆是水。这一点，在宗白华的《美学散步》里称为是中国人空和实的一种美学。在文学和音乐上，也有空。文学上，所谓的"不着一字，而形神兼备"，音乐上所谓的"此时无声胜有声"。这种不着一字、不出一声，就是一种空，一种留白。因为空所以才不会觉得压抑；因为空才能让实在的东西找到一个出口、一种释放；因为空里什么都没有，所以你才能有联想、咀嚼和品位，你才能把自己装进去，遨游其中。

这就像一张白纸，你在上面可以写满字，也可以画一幅画，也可以只写一个字，只滴一滴墨。虽然大部分空间都没有被用到，还是干净的、洁白的、空空的，但它已经是被区隔出来的空，这种空和实的对照，其实已经不是原来的空了，而是有一种相互映衬的美。在中国人的意识里，空是一种哲学，是一种美学，提起空会觉得很高深，很神秘。其实，从本来的意思上说，空是一种实在，原指房子，简陋和简单的房子。我们都知道，古代有个官职叫"司空"，就是安置移民，解决他们临时和永久住房问题的。空固然是美的、形而上的，但空更是一种日常的、生活的、柴米油盐的东西，空实际上无所不在。譬如年轻人谈恋爱，单身时叫空窗期。空窗期的空，就意味着无限可能性，看似是一个人的孤单，然而说不定也是峰回路转，街巷转角之间，就在千万人之中遇见情定今生的一个人。这里面有缘分，有际遇，也有机缘巧合，有空的变化和神秘。我们也都吃过空心菜，又叫蕹菜和瓮菜，开的是白色喇叭状花，它的梗心是空的，所以叫空心菜，在南方农村的田野和菜地里大片大片生长着。空心菜的菜叶用蒜蓉清炒了吃，味道非常鲜美，而它空空的菜梗用醋熘了做，也有一番滋味，尤其是咬在嘴里的时候，有一种清脆和利落，这就是空的味道。

以前在农村，几乎家家户户都有一口缸，缸是用高岭土做成坯子烧成的，小的有一两尺高，大的有一人多高，盘口凸起，或者两边有耳，为了方便抓取。缸可以用来盛水，用来浆染布料，或者腌制各种咸菜和酱菜，我小时候吃的咸鸡蛋、咸鸭蛋、豆酱、咸辣椒、咸豆角，都是用家里那口大缸腌出来的。在今天的日常生活中，缸其实已经很少用到了，大大小小的缸被经年累月地堆放在角落里，落满了灰尘和积垢。换一种角度看，缸何尝不也是一种空呢？它用泥土和温度塑造了一个空间，你可以用来贮藏粮食，贮藏味道，贮藏岁月，你还会发现它贮藏的，其实是一种坚实的生活基础，一种殷切勤恳的希望，想把日子过得水远又山长。缸的这种空，既藏实也藏虚。

　　如果到南方去，在日常生活的层面你更会发现很多"空"的地方。比如北方山多地多，而南方水多地窄；以前的南方人多坐船，而以前的北方人多骑马，所谓"南船北马"；北方人唱的大多是慷慨激越的歌，而南方人唱的则是玲珑婉转的曲，所谓"北歌南曲"；南方人打架多用拳，北方人则多用腿；男女间的暧昧，南方人说是"有一手"，而北方则说是"有一腿"，因为手在上面，是虚着的，而腿则脚踏大地，是实在的。再比如吃饭，在南方虽然也吃主食，吃米饭或米粉，但花样和重心其实都在菜上，花样繁复而新鲜，八大菜系基本都是南方菜。在北方虽然也吃菜，但根基却是主食，面条、馒头、大饼等等，吃再多菜而不吃饭就等于没吃，饭相当于是一种填补和充足。从这些细节你会发现，南方的底子是一种空，而北方的底子则是一种实。而在因这些细节和地气而孕育成的精神上，南方的空和北方的实有一种逆转，比如根植于南方的老庄，老庄的空其实是一种由空入实，而根植于北方的孔孟，孔孟的实则是一种由实入空，他们是一种相反、相背离的路子，却都是空和实的转化，空而实，实而空。

在历史上，你还会发现一种空，比如你会觉得：唐朝是实的，而宋朝是空的。打个也许不恰当的比方，唐朝就像美国，而宋朝就像欧洲。唐朝和美国都是年轻的、蓬勃的、物质的，而宋朝和欧洲都是衰落的、贵族的、精神的；唐朝是以肥为美，美国是以甜为食，宋朝则是以瘦、柔、细和精为追求，欧洲也是精致的。唐朝和年轻的美国是一种实，而宋朝和年迈的欧洲是一种空，这种实和空是超越道德和审美的。同样的，这种空也是超越虚实的，它可以用来化虚为实，在人心的世界攻城略地。1800多年前，诸葛亮使出了空城计。因为城中无一兵一卒，但又不能让对方知道无一兵一卒，所以大开城门，让一些老弱病残收拾打扫，而他在城楼上抚琴而歌。诸葛亮就这样，智退了司马懿的千军万马。我们知道，空城计是一种计策和谋略，但是换一种角度来看，这其实也是空的一种运用，是一种空对不空的胜利，也是一种无对有的胜利。

然而在生活中，诸葛亮的空城计用多了。这种计谋性的"空"就成了一种实，压在我们心头喘不过气来，就需要去寻味唐诗宋词里的空，用空治空，用空化实。王维的诗，"夜静春山空"。这一句诗中，就讲到了两大美学原则，一个是静，另一个是空，而且静和空有一种映衬和调和。如果夜是喧闹的、灯火阑珊的，你不会觉得春山是空的；同样如果春山不空，飞鸟翔集而来，你也不会觉得这夜色是静的。但是，如果夜色是静的，春山是空的，然而你的心却是满的、实的、热闹的，那你一样感受不到夜静春山空，而只能借绵延的春山，先把心中翻腾的浊浪排空。范仲淹在《岳阳楼记》里说："而或长烟一空，皓月千里。"你看了会形成这样的画面：天空中没有云彩，没有雾霭升腾，也没有山峦耸峙，或者飞鸟云集，只挂着一轮照耀千里的明月。这种简单的、原始的场景，却会让你觉得有一种美的寻味，同时你还会觉得自己心中那些尘世的东西，会被天的"空"空掉了，过滤掉了。在今天这个充实的、物质的、喧闹的时代，我们最应该做的，也许不是去学书法和山水画的留白，也许不是去走进学道家和佛家的空门，而是应该去学学孙悟空。绝大多数人都会想到他的神通广大，一个跟头翻出十万八千里，一根金箍棒可以打出无数妖魔鬼怪的原形，却很少有人意识到，"悟空"这个名字的真谛。孙悟空什么都会，可以七十二变，可以大闹天宫，但唐僧最要他做的却是悟空，一切本领都放下，一切神通都摒弃，你才能在空的世界里找到自己。

二

至今我还记得，每到过年前几天，家中都要油炸一些糕点，头出锅的一批要摆上几碗祭奠灶神，那时候嚷着问为什么，父母就连连摆手说："别说话，静一静！"然而感受最深的静，其实并不是祭祀时的静。回想起来，我记忆最深的静都不是无，不是没有，而是有还无，是声音的一种留白和陪衬。比如知了鸣叫的树林，比如虫鸟欢叫的深山，比如淅沥的夜雨，雨打芭蕉和窗台的声音比万籁俱寂更会让人觉得是安静。

正所谓闹中取静。以前在上海，张爱玲住在静安寺附近常德路 195 号的公寓，那是置身热闹街头的一幢楼房，她住在 6 楼。张爱玲住在那里时，每天最喜欢听的声音就是楼下马车路过时丁零零的响声，因为那铃声让她觉得非常安静。张爱玲自诩是个俗人，她的俗是能在俗中寻味出雅来。20世纪90年代以前的乡下，还有很多纺车，那时候还自己种棉花，收回来晒干然后轧花，再在纺车上一丝丝扯成棉线，棉线再上织布机织成布匹。梭子在母亲手里左传来右传去，脚下踩着两块踏板，上头的机杼就吱吱地声声不断。在这样的声响里，我睡得香甜而安稳，觉得世上是安静的，是有奔头的。后来织布机不用了，兴起了缝纫机，到今天连缝纫机也不用了。我再在乡下住，即使夜晚再安静，也感受不到那种"不闻机杼声"的静了。

地理上的广阔也让人安静。我喜欢一个人去各地，最好是徒步，那种一个人的安静，让你有心去听鸟鸣，去玩溪水，去折一朵枝头的野花，或捡起路边的一块石头。去厦门的鼓浪屿，我在空无一人的小巷子里走；在中国台湾，我在只有老人和狗的弄堂里闲逛；在成都，我去有茶馆的街上漫无目的游荡；在南京的石婆婆巷，两边是错落的楼房，墙壁上长满青苔，楼面的墙上是满满的爬山虎，我流连在那窄窄的、安静的巷子。广阔和孤独带给我们的安静，是孟浩然的"野旷天低树，江清月近人"，是姚合的"天近星辰大，山深世界清"，让你清醒而且亲切。那种静让你感觉到的，还不单单是美，甚至超越了美，感受到了宇宙的浩瀚和无边无际中自己的心跳，感受到了在那么遥远的广阔和亘古中，我们有一种一粒尘埃式的自觉，觉得真成了天地间的人，是天、地、人三才之一的人。大海中的浪和潮汐是咆哮的，然而波浪的翻滚和海面的遥远，却让人有一种安静。这种安静不完全是声音的，虽然也有"鸟鸣山更幽"留白的安静，更是地理上的，是时间和岁月上的，海边的石头让人想到海枯石烂，想到盟约和誓言，想到无边无际的亘古的蓝。

在今天喧嚣的社会中，读书是安静的，尤其是读古人和前人的书。在时间和历史的亘古中，你可以察觉到遥远的、瞬息万变的人事，在白云苍狗的世事流转中发现自己渺小如尘。不过同样是读书，细细品味起来，也是有动有静的。譬如读唐诗和宋词，你会发现唐诗是动的，而宋词却是静的：唐诗是征伐的、外向的，能听得到鼓声和马蹄声声，有一股闯荡世界和仗剑天涯的大志；宋词则是内敛的、醒思的，周邦彦是"叶上初阳干宿雨，水面清圆，一一风荷举"，李清照是"风定落花深，帘外拥红堆雪"，他们开始从外部世界回到内部世界，回到对情绪、风景和细节的咀嚼回味。这种安静是唐诗的兴尽悲来，是阳后的阴。

其实，在我看来，静也是有性别的，男人是唐诗，女人是宋词。女人的静让人想起花，想起美，《诗经》里说，"静女其姝，俟我于城隅"，"静女其娈，贻我彤管"，所谓的静女，就是文静娴雅的姑娘。中国人对女人的态度，自古就是宜静不宜动，安静的女人才合乎妇德和女性的举止。而男人的静则让人想起剑。越王勾践为吴王夫差忍辱负重三年，最后一举灭掉吴国，夫差被围困在吴都西面的姑苏山上，求降不得而自杀。正所谓君子报仇十年不晚，男人的安静不是为了美，而是为了爆发，这是沉默的力量和安静的力量。

曾看过一部美国电影，《曾经安静的男人》，每天都在重复昨天的鲍勃，被同事忽略，被世界忽视，直到有一天救人而成为英雄。然而没过多久他又回到了以前，一切就像一场梦，没有英雄，没有名利，没有人注意他的存在，最后鲍勃自杀了。世界的角落有着一个个被忽略的生命，他们曾幻想被重视，与人正常接触，但在封闭而有压力的环境下，人们的私心远大于对他人的关心。鲍勃的安静，不是对别人爆发，而是对自己爆发，最终造成安静之死。历史是安静的，人是安静的，自然中的一切都是安静的，风也安静，雪也安静，无论再呼啸的风，再下得紧的雪，你都能从中感受到自然的静，它们的动其实都是一种静。村头的老井是安静的，石磨是安静的，犁铧是安静的，老树是安静的。以前的村子里，大多都有一口井，供给着一个村子的人吃水用水，用它的甘冽滋养着一代又一代人。那样的井不知道荒了多少口，很多已经打不出水了，打得出水的也没人再去担水了，但那样的井是见证过岁月见证过风雨的。那样的石磨和犁铧喂养了多少张口，那样的老树成就了多少夏天的阴凉，它们在这个时代老去，安静得有着沧海桑田般的慈悲。

乡下的人也是安静的，乡野匹夫匹妇有的跳脱，有的乖张，有的喧嚣，有的邪虐，然而最后都归于安静。他们归于安静，一方面是自己的成长和老去，年轻时的血性和张狂渐渐输给岁月，在人生经验的累积中一步步匍匐于生活；另一方面是他们的跳动、萌动和躁动，在年长者面前要让位和夹起尾巴来，年轻的无法无天，最后都要归于乡土社会的宗法秩序和一种更古老的自然节气。我见过很多安静的老人，他们戴着老花镜翻翻书，或者在屋檐下晒晒冬日的太阳，都有一种静静的、稳稳的安定。即使说话也是娓娓道来、不疾不徐，闲话家常中让人觉得这世界不是浮着的，你还有一些值得奔赴、能够相信的东西。我们那最有邪性的年轻人，在年长的人面前一样像个小孩子，尊卑立现，他自己马上会回到一种秩序，同时在年龄和人生经验上，他也会有一种胆怯和不足，即俗话说的"我吃的盐比你吃的饭多，我走的桥比你走的路多"。

你到乡村乡野去，感受深刻的除了人情淳朴和物质落后，那种安静最为城市不及。乡下的静其实是两种静，一种是自然的静，自然静其实并不完全是静，而是小动之外的大静，有蟋蟀的叫声，有夜里的咳嗽声，有五更时候的鸡叫声，也有早上的脚步声和叫卖声，它们衬托了自然的静；另一种是人世的静，乡村世界中帝力与我有何哉？道德和世俗的力量还在编织着传统社会的新结构，尊卑有序，男女有位，每个人都有自己的归属，不像在城市社会中，人与人之间是经济的、关系的、契约的熙来攘往，人情是冷漠的，人世也是荒芜的。胡兰成和张爱玲在上海结婚，在那一纸婚书中，张爱玲写了上半句："胡兰成张爱玲签订终生，结为夫妇。"胡兰成补充写了下半句："愿使岁月静好，现世安稳。"这个静字，对一个身处动荡离乱时代、渴望成家安定过日子的女人来说，有着巨大的人世捕获力，在朝不保夕的岁月，纵是天才如张爱玲，最首先需要的，也应该是一个女人对安稳尘世的向往。人世和自然，男人和女人，面对熙熙攘攘、战火硝烟或者情感纠葛，也许我们都没有好好品味过"静"这个字。静，它的一半是"青"，另一半则是"争"，青是蓝色，争是两个人抢夺，青与争合在一起，意思是松开彼此剑拔弩张的、你争我夺的手，抬头去看看天蓝色。是啊，有什么好争的呢？其实不如仰起头来看看天空，那一抹天蓝中才有永恒的、亘古如斯的宁静。

三

在一个越来越快的社会生活节奏里，要想慢下来，是需要很大勇气和魄力的。李商隐有一首诗，叫《夜雨寄北》："君问归期未有期，巴山夜雨涨秋池。何当共剪西窗烛，却话巴山夜雨时。"这是他身在巴蜀异乡的一个雨夜，写给远在长安的妻子的一首绝句，我们通常的理解是，它表达了一种对远方妻子的深情和思念，但换一个角度看，我们会发现更值得玩味的内容，那就是巴山夜雨，一个人会听着窗外夜雨想念另一个人，那是什么心境？想想看，今天的人们谁还会谛听一场夜雨？会在夜雨淅沥中思念远方的一个人？

时代和科技的发展，已经打破了我们对风霜雨雪和山河星月的美学憧憬。自然已经被揭开了天灵盖，而且交通和电讯已经能缩短时空，想念谁一个电话就可以了，在视频上见面就像是在眼前。我们已经没心情去卧听夜雨打芭蕉，也没有时间去欣赏一场雪的降落和融化，在周遭飞驰的速度面前，慢成了一种奢侈，一种不合时宜，一种乖张和世人的不解。李商隐的慢，似乎已经离我们越来越远了。而且，他的慢还不单单是他自己的慢，他在心境上的超迈和悠然，也是那个时代的慢和大的气数使然，那不只是一种田园和农业的慢，他身处的时期已经是晚唐，唐朝最鼎盛和最上升的时期已经过去了，王朝在慢慢衰退。18世纪英国发展出工业革命之后，席卷了整个欧洲大陆，进而燃遍美国，波及亚洲，在短短一两个世纪内成为地球的引擎，全世界都在从农业时代往工业和商业时代过渡。在这场大的、疾速的、所向披靡的征伐面前，全人类都是俘虏，几乎没有谁可以逃避。我们的衣食住行和生活方式都在被改变着，人类搭上工业革命这越来越快的列车后，突然发现自己再也下不来了。我们被速度、感官、刺激绑架了，我们也许不喜欢，也许已经萌生退意，但是我们没有办法，一种遍布山河的、销魂摄骨的气氛已经牢牢存在了，没人能逃躲。

工业文明追求的是一种速度和效率，富兰克林曾经说的"时间就是生命，时间就是金钱"，开始被所有人奉为座右铭。对速度和数量的崇拜，如今也已经控制了我们的意识和价值判断基础。但是，对这趟加速度前进的时代列车的对抗，其实也一直都存在。1986年，意大利记者卡洛·佩特里尼有一次漫步罗马的西班牙广场，在一瞬间被几十名学生在广场上同时大嚼汉堡的画面震惊了。当得知广场又要开一家麦当劳的时候，他组织人们到广场端着传统意大利面食抗议。3 年后，他成立了慢餐协会，倡导人们放慢节奏享受美食和生活，这拉开了慢生活的帷幕。继卡洛·佩特里尼的慢餐运动之后，20世纪 90 年代初有一个名为 Slow Movement 运动，短短几年就有几十个国家、八十几万会员参加。它没有总部，没有组织，只一个简单的理念，唤醒被速度绑住的人，劝导人们慢慢吃、慢慢呼吸、慢慢思考、慢慢做爱、慢慢休闲。

慢并不是为了故意慢，而是为了建立一种平衡，就像 Slow Movement 网站上说的："慢活并不是将每件事牛步化，而是希望活在一个更美好的世界。它是一种平衡，该快则快、能慢则慢，尽量以音乐家所谓的 Tempo Giusto（正确速度）来生活。它没有一成不变的公式和万用守则，只是让每个人都有权利选择自己的生活步调。"在慢餐和慢步之后，还有慢城。慢城源于意大利中世纪的一座古城奥尔维耶托。1999 年 10 月，在奥尔维耶托的一次慢餐活动上，5 个小城的市长第一次给"慢城"做出定义：成员须满足 55 项具体规定，如人口不得超过 5 万，发展和使用环保技术，不得使用转基因种子、作物和食品，必须保持当

215

地特有的风俗文化……慢城运动，是想把慢放大到人的整个生活环境中，保护地方特色，抗拒全球化带来的同质化和标准化。米兰·昆德拉有一本叫《慢》的小说，只写了一个晚上：一个到某城堡度假时构思作品的作家和他妻子；一个参加昆虫学会的法国知识分子；一个18世纪某个红杏出墙的夫人及她的情人。知识分子的聚会是作家正在构思的情节，而某夫人和骑士是他读过的一本书中的人物。小说末尾这三个时空突然扭曲，知识分子和作家下榻的是同一个酒店，而这也正是夫人与骑士、知识分子与情人共度良宵的地点。而这个作家似乎就是昆德拉自己，他放慢了几个短小的时空，犹如放慢了历史，让无数人体味到慢的哲学和美学。

我有这样一种感觉，越快的生活越是记忆淡薄，越慢的日子越是惊心地深刻，慢的度与记忆的度成正比，快的度与遗忘的度成正比。这或许就是古人所说的"山中只一日，世上已千年"的神仙生活，神仙不会跨越时空，但是神仙可以慢慢经历感受。比如钓鱼，钓鱼其实是钓胜于鱼，你不是要享受钓到鱼，而是要享受钓不到鱼；再比如养花，养花也并不只是为了花开那几天，而是建立起那份侍花弄草的小心和精细。在钓和侍弄里，才有千年风日。

有个朋友跟我说，诗人柏桦给他儿子取名为柏慢，我吃惊而且敬佩。因为他是在用这个方式告诉我们，要用深度对抗速度，用密度对抗强度，用人对抗机器，用感受对抗遗忘。

隐士记

古话说，大隐隐于市，小隐隐于野。隐，实在要算是我们中国人的一种处世哲学，得意时仕，失意时隐，为出世隐，为入世也隐，即使自己不隐也一定要有几个隐在山中的老友什么的。除了大隐和小隐，中国历史上的隐士其实还有两种瘾，一个是真隐，另一个是假隐。真隐是看透了人世，去寻找林泉高致，寻找一种尘世的解脱通达；而假隐则是迷恋于人世尤其庙堂，隐只是为了求名求官的一种手段，隐是为了谋。这两种隐，在无数人身上真假难辨，甚至是真作假时假亦真、假作真时真亦假。

六朝隐士最多，它承汉启唐，吴、东晋、宋、齐、梁、陈都建都在南京，当时南京是世界上第一个人口超过百万的城市，和古罗马城并称世界古典文明的两大中心。六朝时的文学与清谈、绘画与书法、陵墓石刻艺术等，构成了中国传统文化的经典，形成了南朝文化。以前，我们说六朝是乱世，从战争和破坏的角度来说，从正统与僭越的角度来说，那确实是乱世，但在历史的棋盘上，六朝跟当时的罗马帝国和波斯王朝一样，它是创造性的一股力量，在创造新的历史和时代。六朝的 300 余年，都是偏安政权，是中国历史上南北朝之中的南朝，文化上强大但是军事和政治上弱，这种偏安也是一种隐，文化的强大隐在它力量的弱小背后。后来的南唐和南宋，其实也都是南朝之隐的那种隐。

在纵的历史上，这是一种大势上的隐，而在横的时代内部，其实也有一种隐。也是在六朝，中国人开始第一次喝茶，茶逐步向北方扩散。到了唐朝，喝茶已经成了一种举国行为，并向周边的国家输出和渗透。人际关系、人在官场里的关系，已经厌倦，他们开始向林野的、山川的、自然的东西寻找慰藉了，比如陶渊明。中国文人隐逸很向往陶渊明，觉得他悠然南山下的心境，是一种隐逸的巅峰。陶渊明的隐，还不像其他人借归隐的行动买名邀誉，他是真的在求心求静地隐。不单单是陶渊明，正是在这样的尘世艰危之中，人们开始反求诸己，关心起自己的内心来，关心起文学和美学的东西来，在心里找到一种归宿的自觉，成为中国文学的一个大巅峰，骈体文就是这个时候出来的。六朝是一个烟波浩渺而又华丽奢靡、余香缭绕的时代，在千百年后，我们还在怀念六朝的风月，向往那个虽然铁血却也有绮丽的岁月。事实上，越是现实中的乱世，其实这种刚的、硬的力量强大的时代，似乎它的对立面也越繁盛，春秋战国，三国，以及晚近的民国，都是这样，一如六朝。在这样的大时代中，隐各有现，老子骑青牛出关是一种隐，"道不行，乘桴浮于海"；庄子的遗世独立和逍遥无恃是一种隐，他在母亲去世后敲锣打鼓也是一种隐；"竹林七贤"的乖张恣睢和生活上的放达不羁是一种隐；屈原的汨罗河投江，为了寻找一种清流和自洁是一种隐。隐其实就是一种宁静的对抗、一种非暴力不合作，以与他的时代、他的周遭相背离的方式留住自己。中国历史上最隐的人其实是苏东坡。他既不像陶渊明那样看空一切，到田园和山野里寻找最后的归宿，也不像杜甫一样在战乱和纷争中不忘济世之志，而是在南来北往中让仕途的奔波和山水的归隐有一种调和，他的隐不是出走，也不是归来，而是在入世中有一种出世，也在出世中有一种入世。这是一种积极之隐，小隐隐于自己，大隐隐于人海。苏东坡既没有丢掉自己也没有抛弃现世，而是和命运达成了一种通达慈悲。

隐士，归根结底于两个字，一个是"隐"，一个是"士"。并不是所有出离喧嚣、回归山林的人都可以称得上隐士。事实上，你可以说高僧大德是隐士，说也可以说庄子和陶渊明是隐士，但是却没有人会说农夫樵子是隐士，没有人会说乡间妇孺是隐士，隐的一个最根本的前提，应该是有入世或者入仕的能力，但是为了现实的需要、为了韬光养晦而回到了山野之中。对其中有些人来说，隐的目的不是为了眼前的隐，而是以后的不隐，为了以后的显。所谓的隐，只是显的一种曲线救国的手段而已。

所以，隐虽然一直被世人向往，但对隐的质疑事实上也从来没停止过。有人说，历史上那么多谋隐的人，他们其实是为了打出招牌，说穿了，隐就是为了谋。姜太公隐钓于渭水之滨，为的是钓上姬昌这条大鱼；诸葛亮躬耕在南阳，自比管仲、乐毅，一待刘皇叔来访，便将《隆中对》一泻而发。还有人说严子陵这样的隐，其实也并不是为了做官，而是为了单纯求隐的大名。光武帝刘秀是他老同学，做了皇帝后一次又一次请他出山，严子陵每一次都谢绝，每谢绝一次名声就大一次，同时刘秀也得到了求贤的美名，这是严子陵和刘秀的一把双簧戏，等到了最后他虽隐在深山，但依然名满天下。这未必不是一种可能，隐为利刃，可以开当世的太平，也算是另一种法门了。只是这种隐，要么被邀出山前要忍受孤独和怀才不遇，要么就得像严子陵一样，做好一辈子隐的打算，那么更要受尽一辈子的孤单。像王维那样的半官半隐，其实更接近一种煎熬。他不喜欢官场的应酬沉浮，想在辋川这个清静之地悠然安闲地生活，同时又不愿意放弃官俸这个生活和物质的基础，所以只有脚踏两只船，在官场和隐居的两头做一个钟摆。王维这种隐，又不像苏东坡的入世隐于出世、在官隐于在野，或许是最痛苦的，因为那是一场势均力敌的拉锯战。但无论你是真隐还是假隐，或半真半假地隐，都要与孤独做伴，真隐是在孤独里寻觅自由天道，假隐是在孤独里等待上钩的鱼，半真半假地隐是在孤独里寻找自己。比较起来，王维的隐其实最孤独，因为在那种两不相沾的隐里他最模糊。

今天如果我们从城市出走，从现代生活中出走，到深山老林中去，那不但身边的人不理解，就连我们自己也需要极大的勇气。隐其实并不简单，它看似浪漫和神秘，背后却需要有很多辅助和支撑。比如今天我们去隐居，还不单单是生活空间的转变，而是要抛去我们在工商业文明和科技下业已建立起来的千丝万缕的联系。比较起来，古人还更便利一些，因为他们隐与不隐，在物质条件上都差不多。王维住到辋川，陶渊明移居南山之下，隐前隐后的日常生活基本一样，一样要耕种，一样要洒扫庭除，不会有太多不适应，转变的更多是一种心理状态的变化。有个写东西的女生叫张小砚，她前两年到藏区支教，后来成了一个旅行作家。作为一个快 30 岁的女孩子，她好像也不是大学毕业，也不结婚，也不愿意到大城市工作，而是在从川藏游历归来后，和父母兄长生活在老家，隐居在江西陶泽县的一个镇子里。平日里，她种种葡萄，酿酿酒，侍弄一下花草，跟庙里的和尚攀谈，这是从现代生活中的一种逃离，也是对现代人生活方式的一种对抗。她的隐在今天是一种奢侈。我并不鼓励所有人都像她一样，逃离城市和现代生活，逃离时代的大方向。因为在现代生活中，我们未必就能逃离得了，不是谁都能久居山中，你要学会面对自己，学会一个人和一个人对话，要有基本的处理生活的能力。现代社会已经形成一个完备的辅助系统，我们的生存能力其实已经退化，所以不但要面对精神的孤独，还要面对生活和生存的孤独。历史上，隐一般都源于盛世或乱世，乱世而隐是为自保，盛世求隐是为了自足。所以我们今天的隐，未必就一定要得意丘中、徜徉林泉。我觉得，能在街头闹市保持着自己的生活方式也是一种隐，这种隐是孤独的，但一定不是寂寞的，因为孤独有着内心的自足和饱满。

1989 年比尔·波特在北京、山西等地寻访后，了解到终南山上还有隐士。他上山实地探访，发现了终南山上的大约 5000 位隐士，年龄最大的 90 多岁。有些隐士甚至数十年在山中居住，"乃不知有汉，无论魏晋"，一辈子直到终老也未曾下过山。隐士孤身一人在山巅，在追寻智慧、通达与性灵成长的过程中，走得越远、住得越高就越孤独，在这种追寻和修炼的过程中，他不与众人接触，只与日月山川接触，与自己的内心接触。他们就那样一个人占山为王，几十年如一日，有一种空间和时间上的孤独，同时得道者不知有几，从古至今的得道者在这座圣山上犹如山峰耸峙，一个个坐拥圣贤的孤独。

不但中国有隐士，西方也有，比如梭罗。1845 年7 月，梭罗移居到离康科德城不远的瓦尔登湖畔次生林里，尝试一种隐居生活。他向《小妇人》的作者露易莎·梅·奥尔柯特借了一柄斧头，孤身一人跑进了无人的瓦尔登湖山林中，自己砍材，建造了一个小木屋，住了两年零两个月又两天。他的《瓦尔登湖》记载了他这两年又两个月的生涯，虽毕业于哈佛大学，但梭罗没有选择经商发财或从政，而是平静地选择了隐居，他搭起木屋，开荒种地，写作看书，过着非常简朴、原始的生活。在这两年多，梭罗自食其力，他在小木屋周围种豆、萝卜、玉米和马铃薯，然后拿这些到村子里去换大米，完全靠自己的双手过了一段原始简朴的生活。梭罗的隐，在我看来那不是他一个人的隐，而是替工业革命中的一代人在隐。他是在一种工业化的社会进程中，用后退的方式找到一个人的价值所在，他要用他的简单、灵性、有趣去对抗工业化的复杂、枯燥、单调，他唱着哀歌和挽歌，为一个古典时代送葬。

与西方对抗式的隐不同，几千年来，中国人天然地养成了自己遁天入地的一种隐。你可以发现，再发迹有钱的中国人，都还保留着一份隐逸的情致和风范。他们在高楼大厦里住不习惯，不喜欢都市的生活方式，特别是稍微上了点年岁的人，都向往回到老家起一座房子，在院子里种点蔬菜和花草，闲来读读书、喝喝茶、打打麻将，这其实也是一种隐，在工业和商业时代隐遁到农业里去，回归到一种最朴素、传统、古老的生活。对中国人来说，如果说田园生活是一种入世的隐，那么出家就是一种出世的隐。我们常说哀莫大于心死，这就是情感上的一种隐，不动心、不生念，这种隐是一种关闭，也是一种决绝，更是一种孤独，在众多的情感熙攘中，要独守内心一座空城。而这种情感真正到了别父母妻子、绝人世尘缘的地步，人之为人的情感出路都被堵死了，大概就只剩下出家这条路。所以贾宝玉别了薛宝钗，披着大红袍在雪地里向贾政拜三拜出家去了，一代才子俊彦李叔同也抛娇妻舍幼子入杭州虎跑寺剃了度，都如此。时代来到今天，我们既不能像古人一样遁入山林、不问世事，也不大可能逃离世俗生活拜入佛门，而只能是隐于日常和传统的田园生活中，除此之外隐无所隐、遁无所遁。

在人间流浪

《橄榄树》，这大概是三毛生前所写的最后一首歌吧。很多人都唱过，齐豫、齐秦、毛阿敏和孙燕姿等，各有各的诠释。但我觉得他们都未必了解三毛的本意，也唱不出三毛的感受，事实上也只有三毛这样的人才能写出来。流浪分两种，一种是因闲愁而流浪，心头有东西要被风吹散，要撒在行走的一路上，这种流浪是青春的、飞扬的流浪；另一种是为生计而流浪，居无定所，生活没有着落，只好去他乡寻找生路，就像吉卜赛人的流浪谋生，哪里有生计哪里就有他们的身影。前一种流浪是人生的悲壮浪漫，而后一种流浪是生存使然，奔波苦楚。三毛的流浪，就是第一种流浪。1943 年她生于重庆，5 岁时随父母去台湾，24 岁到西班牙留学，又去德国和美国，30 岁在撒哈拉沙漠和荷西结婚，38 岁去中南美洲，46 岁回大陆，曾经去过大西北的敦煌和吐鲁番，爱过歌王王洛宾，

48 岁以一条肉色丝袜绕颈自杀。三毛的一生，万水千山行遍，身体上在流浪，情感上也在流浪，她的故乡永远在远方。

1989 年，三毛到大陆时见了《三毛流浪记》的作者张乐平，一见面就要认他为父。这是一个三毛和另一个三毛的重逢，也是一种流浪和另一种流浪的相会。《三毛流浪记》的三毛是第二种流浪，很小的时候，三毛没有家，没有亲人，无家可归，衣食无着，吃贴广告用的糨糊，睡垃圾车，冬天就以破麻袋披身御寒。他卖过报，拾过烟头，帮别人推黄包车。这两种流浪都是孤独的，女作家流浪是为了寻味孤独，流浪儿的流浪是不得不孤独。流浪是孤独的，无论为闲愁还是为生计。如果说隐是一种静的孤独，是一个点的孤独，那么流浪就是一种动的孤独，是一条线的孤独，那条孤独线是心在摩擦大地时所划下的。甚至也可以说，那是人类的脊椎还在与大地平行的时候就已经决定了的。

在年轻的时候，很多人都曾经有过流浪的梦想，向往远方，向往生活在别处，以为在路上就是在天上。古代的人，尤其是男性，很多也都有过流浪天涯的行迹，他们或者是读书赶考的秀才，或者是仗剑的侠客，都会一路跋山涉水、学书学剑地走下去。在唐朝，也还有贵游的传统，诗酒天涯，五花马千金裘都不要了，在路边的客栈里和陌生人一醉方休到天明。那种流浪，是年轻的心不愿意安分，固定的空间和生活不能滋养它的大和它的野。然而事实上，流浪不一定就要出走，在日常生活中，无论你身在哪里，无论你做着什么样的事情，只要有出走的动力和心绪，都可以是在流浪的、孤独的一种状态。我以前没去过太多地方，但是心却一直都在远方。有时候，在夏日的庭院里，看到阳光透过树荫细碎地投下来，有时候在秋高气爽的高高的蓝天中，踢着泥土地上的石头、草屑和木块，还有时候，在夏天一望无际的有风吹过一路矮下去的麦浪里，我自然而然地会生发出一种出走流浪之感，心头有满满的充实，犹如《诗经》里的兴。流浪和孤独是自己的，还是家人和社会的？美国有一部名为《荒野生存》的电影，改编自知名作家乔恩·科莱考尔的散文集，就说到了流浪的归属问题。

这是一个真实事件。1992 年，在美国阿拉斯加一个废弃的公交车车厢，人们发现了一具腐烂的尸体，死者叫克里斯多福，是一个出身于美国东岸富裕家庭的年轻男子。1990 年大学毕业后，他即与家人失去了联系，一心向往回归自然的原始生活的他，改名换姓，烧掉现金，放弃了车子和大部分财产，从此过上了在北美大陆漂泊流浪的生活，充满强烈理想性的他渴望追寻超越物质的经历。这件事被披露之后在美国社会引起震撼，尤其是结束克里斯多福生命的阿拉斯加之行，人们的看法褒贬各有之，有人感佩克里斯多福的勇气，有人却认为克里斯多福太轻忽自然，藐视大自然，竟然没有作上一番充分准备，就草率地进入美国环境最恶劣的不毛之地阿拉斯加独自生活。究竟是什么原因，让一个 20 岁出头、大学刚毕业、家境优渥的年轻人抛弃一切，而投入一个所谓的自杀式之旅呢？这是所有人都在问的，也是他自己在寻找的。而在这背后，克里斯多福的父母该怎么承受？他的社会关系和教育该怎么承受？我们的成长和教育，目的是为了塑造一个正常的、回报的人，还是一个追寻绝对自己的人？

对这种不解的追问，对象可以是一个人，也可以是一个民族。世界上很少有哪个民族像吉卜赛人一样具有流浪精神，他们在公元 1000 年离开印度，经阿富汗、波斯、亚美尼亚、土耳其，到达欧洲。14 世纪时，他们又到达巴尔干半岛，16 世纪时已遍布欧洲各地。另有吉卜赛人经叙利亚到达北非，再越过直布罗陀海峡到达西班牙，印度北部至今仍有和吉卜赛人相似的民族居住。吉卜赛人为什么流浪？至今仍是一个谜。他们不事农桑，也不饲养食用牲畜，寻求与流浪相应的生计。男人贩卖家畜、驯兽、补锅和当乐师，妇女卜筮、卖药、行乞和表演。今天他们仍四处流浪，开着带有大篷的汽车、卡车和拖车，卖旧汽车和拖车代替了家畜贩卖，当汽车技工和修理工代替补铁锅，或在流动马戏团和街头成为驯兽师、小吃摊贩和算命仙。在吉卜赛人的习俗里，若一个人有纠葛诉讼，是不需要审判和监狱的。对他们而言，刑罚可以将一个人赐死，却不能剥夺一个人的自由，所以他们的惩罚方式是，一个被定为"不洁"的罪犯将会被驱逐于部族之外，剥夺自由——一种吉卜赛人的自由。一个被孤立的吉卜赛人，他的生存价值几乎等于零，你会发现，他得到了绝对的自由和孤独，也可以自己去流浪，但是却失去了他的吉卜赛，他吉卜赛式的流浪没有了。有人说生命的本质是孤独。其实生命的本质是该孤独时孤独。就像吉卜赛人，他们的流浪也并不是一种绝对孤独，而是一种集体性的孤独，被孤独是一种惩罚。

在西藏旅行的时候，我看到了无处不在的流浪者。他们有的是为拜佛转山的藏人，一个长头一个长头地磕下去朝圣，有的是一路骑行步行的驴友，一个车轮一个脚印走下去的体验和观看，还有是布达拉宫下面成群结队拿着转经筒转经的人，他们也都是在流浪，在孤独，用流浪的孤独去达到一种纯粹和纯净，在西藏那种天高地广和单纯的蓝色和白色中，你不会不孤独。有时候，流浪和孤独是需要环境的，而有时候没那种环境，你反而会有一种更大的孤独。在今天的大都会中，那么多的北漂、沪漂、穗漂，其实我们每个人都是流浪者，在这个人满为患的城市我们没有一个家，没有一个归宿，工作不是归宿，爱情也未必是，所以即使身在繁华和喧嚣之中，你也一样是孤独的。而孤独的，又何止是在都会中漂泊的人？在更大的意义上，这个地球上的每个人其实都是流浪者，情感的流浪者或者精神的流浪者，"世界最遥远的距离，是我在你身边，而你不知道我爱你"，人心之间的距离大过天地。

1958年，凯鲁亚克写了一本《达摩流浪者》的小说。一个没有"悟性"的佛教追随者、主人公雷蒙，进行着近乎禅僧修业式的全国各地漫游，途中他遇到行者贾菲，便跟随他漫游险峻的山川。一路上，他逐渐认识自我和世界，回到家乡自愿当一名孤独的火山观望者。凯鲁亚克的小说，着力突出的是把理想主义的"空"怎么落实到真正需要承担的当下生活中，怎么把云端的浪漫和悲壮接到地气中去。今天的人没有太多这样的"空"，我们心头正在被各种实在的、能摸到方和圆的东西填满，在这个时代说走就走的流浪成了一种奢侈，也成了一种梦想，旅行是被计划的，地点是被选择的，酒店是被预订的。莎士比亚说："离群索居的，不是神仙便是野兽。"在流浪的路途上，我们向往的其实并不是像成为神仙或野兽，而是渴望一路的大风能吹动衣衫，感觉到自己。梅帅元做过一个《文成公主》的实景演出，其实在唐朝，看似担任着和亲安疆政治任务的文成公主不也在流浪么？她生活在一个繁华的长安城，却要到一个冰天雪地的雪域高原，却要一路翻山越岭做一个从未谋面的男人的妻子，却要过一种完全不曾经验和想象的生活，在她的孤独里也包含着长安人的孤独。在《文成公主》结尾，我有一位老师张仁胜写过这样一句台词：天下没有远方，人间就是故乡。只要还在天下，哪里都可以是家，这是一千多年前，从长安城流浪到拉萨城、从大唐王朝流浪到吐蕃王朝的文成公主提供给我们的一种胸怀。

回到孤独

在我们的印象里，唐朝是中国历史上最繁华、最强大的王朝，不但有唐太宗李世民开创的贞观之治，还有唐玄宗开创的开元盛世，它的繁华、它的征伐、它的富贵几乎是历史上绝无仅有的。但是却很少有人知道，在这个富足的盛世之下，唐朝人却不乏他们的孤独，这种孤独几乎贯穿着这个 289 年的华丽王朝。

《诗经》里面的人，大多都是出游在外的，无论是踏春还是谈情盼夫，都有一个天地自然的背景作为底色。唐朝的气质从一开始，就是通于《诗经》的，比如贵族出游，就像李白《少年行》里说的："五陵年少金市东，银鞍白马度春风。落花踏尽游何处？笑入胡姬酒肆中。"在春风得意马蹄疾之后，踏花游春，胡姬美酒，其实是把自我放到一个天地中。从这里开始，你会发现唐朝人在那种繁华和热闹中有一种缺席和出走，从社会人际关系中有一种逃离，是回到跟自然、跟天地对话的一个状态里去了。我在其他文章中也曾经讲到，人的知己并不一定是人，人的归属也可能不是来自知己、朋友、恋人这样的对象，或者江湖、道义、君臣这样的关系，而可能是天地和自然万物，一壶酒、一首诗、一段旅行都可以成为自身的承载。

唐朝是跟酒连在一起的。从空间上说，中国可以说是酒的故乡；而从时间上说，唐朝则可以说是酒的故乡。在唐朝的背景里，你会发现几乎每一条河流、每一座驿站，都散发出一股酒的味道，酒是这个王朝征伐前激扬斗志的吹鼓手，也是诗人斗酒诗百篇前文思的酝酿。也许这是因为，那时候的酒度数都不高，他们喝的大多是米酒、葡萄酒，还有发酵后只压榨不蒸馏的清酒，酒精度都比较低，近似于今天的啤酒或者加饭酒，正是因为度数低、喝得多，才能蒸腾出那种豪气。杜甫喝的多是苦酒，而李白的酒则多风流而豪气。"天子呼来不上船，自称臣是酒中仙"，这种豪气是对自然的一种豪气，一种人是自然万物的自觉，他要寻找和安心的正是那种物我如一的亲近。所以李白醉酒捉月，我一点也不觉得可笑和荒唐，如果我们是一个会欣赏死的民族，那么李白的死其实是出于一种真诚，他的死是一种近似于日本人剖腹自尽的美学。

在李白的一生中，他曾有过两次长时间的漫游生涯。事实上，从 25 岁开始，他的足迹就一直遍布了大半个中国，一个人走在日月山川里，走在历史的田野和时空里。你可以发现，唐朝虽然是喧闹的，李白这样的人也是好热闹的，但他们的喧闹和热闹并不能代替孤独，终究要出走，就像我们现在说的"热闹是一个人的孤独，孤独是一个人的热闹"，所以他们更多时候需要独行天下。再譬如，在李白的酒、诗和流浪之外，黄巢的知己是菊花。唐朝末年，率农民起义最终兵败饮恨的黄巢，有一首题菊花的诗："飒飒西风满院栽，蕊寒香冷蝶难来。他年我若为青帝，报与桃花一处开。"黄巢是危亡之际作的这首诗，那时他是菊花，菊花就是他，就像元稹说的"不是花中偏爱菊，此花开尽更无花"，因为世间没人能理解他，他只有将一腔壮志未酬付与菊花，以期死后成为掌管春天的神仙，让菊花与桃花开于一处吐露他的心声。

所以你可以看到，整个唐朝都是孤独的，这种孤独并不是一个人在社会人群中的孤独，而是一个人在天地之间的孤独。从初唐时五陵年少出游的孤独开始，到唐朝将尽时黄巢兵败的孤独结束，孤独始终是这个王朝的血缘相传。李白有一种孤独，王维也有一种孤独，张若虚更有一种孤独。李白的孤独，是一种人间孤独，是流浪，是远行，要做酒中的仙，要成人间的神，是一种逃离日常柴米油盐的生活状态，是市井生活困住手脚的世人最向往的；王维的孤独，有一种宗教和出世在里面，是一种归隐，也是一种动荡后的平静，是士子和官宦们解脱的出路，是从朝到野的归宿；而张若虚的孤独，则是一种自我在宇宙中的孤独，这是最遥远的孤独，"江畔何人初见月，江月何年初照人"，要解决的是我从哪里而来、我要往哪里而去。

武则天也是孤独的，她本名武媚娘，即位后自造一个"曌"字，改名武曌，取意为日月当空，这其实也是一种孤独意识，有点儿像张若虚的宇宙意识，一个人，一个天下。宋徽宗也是孤独的，他的签名有一款是"天下一人"，但这种孤独是一种我在天下人之上的唯我独尊，而武则天的孤独则是我在天下之中的那种孤独。唐朝的爱情也是孤独的，李隆基和杨玉环，那么热热闹闹开场，"云鬓花颜金步摇，芙蓉帐暖度春宵"，连皇帝都要被她迷恋折腰到从此不早朝。然而最终却要以马嵬坡的生死作收场，要一个女人的死作为一个王朝前进的开路先锋，这也是繁盛之后孤独的开始。这样的繁盛而孤独，是李白的，是张若虚的，也是李隆基和杨玉环的，合起来都是唐朝的。好的东西就是这样，是不安的，是相反相成的，一方面可以华丽到穷奢极欲，另一方面也可以华丽到落尽，年轻时"五花马，千金裘，呼儿将出换美酒"，晚年时又穷愁潦倒、凄凉度日，可以是同榻而眠的一朝天子和贵妃，也可以是素颜相见的一介凡夫与俗女。

同是中国历史数一数二的文化盛世，唐朝有孤独，而宋朝就没有。唐朝的孤独是藏在它的大飞扬里，而宋朝是小而精致的，它的气质不是孤独的，而是沉溺。因为唐朝不是农业社会的气质，而有胡人和西域的底色，体现着残阳和驼队的美学，就像宗白华说的："在汉唐的诗歌里，都有一种悲壮的胡笳意味和出塞从军的壮志。"这种胡笳声和出塞的鼓声，飞扬在这个王朝，也飞扬在每一个子民心头。即使江山气数已尽、政权有所更迭，那种激烈壮怀是不断的，孤独也是不断的。所以即使唐朝到了末年，也一样会有黄巢这样的人冒出来；即使弹尽粮绝，被迫撤出长安，转战山东，在泰山狼虎谷战败自杀，也不乏"冲天香阵透长安，满城尽带黄金甲"的英气，和"独倚栏干看落晖"的我在天地的意识。是因为他气魄大、胸襟大，要与天地并列，这就是唐朝人，而不是宋朝人的把山水字画作乾坤，在"叶上初阳干宿雨"的朝露中寻找美和寄托，是缩小的、衰微的。小的人生里是没有孤独的。以前有个著名的摇滚乐队，叫唐朝。歌词写得极好，"想当年，狂云风雨，血洗万里江山"，"岁月正华发，宝剑依旧亮，热血洗沙场，江山归故乡"。唐朝是向往唐朝的，但我们的时代却是宋朝的，是内敛的、收缩的。宋朝归于小玩意儿，而我们归于官能和人性，所以对唐朝的繁盛和孤独，我们无论再怎么向往，最后也只能相望相忘，因为唐朝去不再来。

消失的自己

　　大概七八年前的时候，有一个新闻曾经闹得沸沸扬扬，引起很多人讨论。一个清华大学的博士萧杨，被导师认为任教 30 年来所见"最有天赋的学生"。他突然告知导师，要逃离科研去中学当老师，唯一原因就是没兴趣了，甚至是厌恶科研了。对于学生的决定，导师当然震惊、不解、惋惜，他甚至觉得"你这样做，中国，甚至世界可能会失去一个优秀的科学家"，"国家的投入、导师的心血、个人的努力，几乎白费"。

　　老师的拳拳之心，我当然可以理解，但是从个人的角度而言，我绝对支持这位博士的选择，国家不能绑架个人，科研也不能。他之所以走上这条道路，科研成绩那么出色，用他自己的话来说，是"我只是被教育成听话的好孩子"，"不管我喜不喜欢，都会尽力去完成"。最令我感动的，还不是这个博士的选择，而是他家里人的态度。当他决定要去中学当一个老师之后，他回去和家人开了个会，因为他想问问他们对他选择中学老师这样一个地位不高，挣钱也不多还挺累的职业有没有意见。最后家人一致认为，如果他真的厌恶科研的话，坚持干一辈子科研一定不会幸福的，而他们并不在意他的名利地位什么的，中学老师也挺好。

在今天，这样的学生不多见了，这样的家长更是不多见了。功名、利益、前程已经把我们牢牢地绑住了。我很庆幸，在这样一个世俗社会所不理解的立场面前，萧杨能有这样决绝的勇气，在后国家主义和后集体主义的年代，他要在一个长期被教育和老师主导的环境下找回自己。可以想见，在他的内心深处会觉得曾经的道路多么黑暗，我很同情他独自走过的那一段路。这让我想起弗罗斯特的《林中路》："黄色的树林里分出两条路，可惜我不能同时去涉足，我在那路口久久伫立，我向着一条路极目望去，直到它消失在丛林深处，但我却选择了另一条路，它荒草萋萋，十分幽寂，显得更诱人，更美丽。"萧杨终究走了人迹罕至的那条路。佛陀在 29 岁时，为什么要放弃当太子和王宫的安逸离家寻道？从一个应有尽有的王子，成为一个黄卷青灯、无欲无求的佛陀，是他找到了自己，在菩提树下以 7 天为限克期取证，"不获佛道，不起此座"。顺治也是这样，虽然他出家与否还是疑案，但他有诗说："未曾生我谁是我，生我之时我是谁，长大成人方是我，合眼朦胧又是谁。"萧杨的选择无关宗教，他是在世俗生活中对自我的追问以及寻找。

今天我们怀念文艺复兴，说文艺复兴的成绩如何如何大，作品如何如何美，但是我们不知道，文艺复兴的第一条，事实上也是最重要的一条，就是找回自己，在神的面前找回自己作为一个人的存在。我曾经说"人是人群的故乡"，有人说我说错了，应是"人群是人的故乡"。其实我说的是人之为人的一些最基本面，比如每个人作为人的本心本性，比如每个人自由选择道路的权利，比如每个人的资质和禀赋。在这个意义上，人是所有人群的故乡，木能成林，人才成群。很多时候我都在想，人到底是从哪里来，又要往哪里去？是被塑造成一个新的自己，还是回到过去？我有一些忘年交，都是六七十岁的老人，在他们身上我有一个发现，那就是很多人越活越像小孩子，越来越性情，越来越天真，就像金庸小说里的老顽童周伯通。

尼采有个说法，人有三种境界，第一种是骆驼，第二种是狮子，第三种是婴儿。骆驼忍辱负重，被动听命于别人或命运的安排；狮子把被动变成主动，由"你应该"到"我要"，一切决于我；而婴儿，则是一种"我是"的状态，活在当下，不逾矩，享受现在的一切。清华那个博士的主动离开，是他把自己变成了一头狮子。这就像但丁所说的，走自己的路，让别人去说吧！这句话虽然人尽皆知，但是能做到的却寥寥无几，大家都还在找自己的漫漫长路上。要弄清楚，找到自己和找回自己不一样：我们大多数人，还处于找不到自己的状态；找回自己，是那个自己的状态曾经存在过，后来失落了、低调了、遮蔽了，所以才要去找回。在找回自己之前，有很长的一段路是用来找到自己的。这种找到自己，也是一种人生的归属，但它不是归于一个对象，一种关系，不是归属于父母、朋友、知己、爱情或者江湖道义，而是归属于自己。这也就是马斯洛的五个需求里，最高的一个自我实现的需要，只不过这种需要，不一定要用功名或事业来证明。他甚至可以去做一个农民、一个凡人、一个砍柴者，但那是他自己，他会有一种明心见性在里面。

　　胡兰成21岁的时候辞亲远游，去给燕京大学副校长做文书。他在《远游》里说："去北京的路上，渡长江，济淮水，望泰山，过黄河，此地古来出过多少帝王，但我在火车上想，便是下来在凤阳淮阴或徐州济南，做个街坊小户人家，只过着今天的日子，亦无有不好。"清华那个博士想做个教书先生，也就像胡兰成这种无大志的归隐之心，在天地的大里甘做一个小小的我，这不是没有理想或者追求，而是心安于做一个匹夫小民的甘苦冷暖。经历过富贵和流离之后，李白说："生者为过客，死者为归人。天地一逆旅，同悲万古尘。"那么在过客和归人之间，我们是谁？在田园时代，面对江河和落日我们会问这个问题，"江畔何人初见月，江月何年初照人"，"未曾生我谁是我，生我之时我是谁"，张若虚问过，顺治也问过。然而在消费时代，那种"我"的意识没有了，我们的"我"逐渐成为一种生物性、官能性的我，我们在一己的感官中一天天地过下去，却不知道自己是谁。最可怕的还不是不知道自己是谁，而是根本就不会这么想。

尘间有灵

一

我小时候很笨，至今还在被家里人引为笑谈的一个例子是：有一次，伯母考我 10 以内的加减法，我要两手并用才能应答；她又考我 20 以内的加减法，我则用完双手之后，还要再求助于双脚；她再考我 20 以上的加减法，手脚都已用完，我只好去捡石子应对了。当时，众人哄笑不已，我也给家人留下了笨得如榆木疙瘩的印象。用我们乡下的话说，是心不灵；用古人的话说，则是七窍只通了六窍也。

在我们那个家族里，诸位兄弟之中，心最灵的要数我兄长和堂弟。兄长最得祖父宠爱，从小带在身边，教他识文断字，给他买这买那。兄长着实脑子好使，读书后成绩皆不出前三甲，心算无人可敌。而堂弟则是遗传叔父，算账更是一把好手，他的心灵从一则往事即可窥见：某年秋天，刚播完种之后，年长的孟良堂兄带他下田，问他能否分辨两家的田地，四岁的堂弟曰然。只见他弯腰扒开田垄上的浮土，见有未犁的旧田垄，便说以此为断，可以知道两块田地不属一家。孟良堂兄大惊，以之为神童。堂弟确属心灵，读书更直追兄长。

当然，哪一代都有心灵的人，哪一代也都有笨人，不过从大的感觉来说，我总觉得以前的人的确要比现在的人更有灵性。因为今天这个时代，物质性的、官能性的、刺激性的东西太多了，一切学科工种都被细化成了局部的链条。于是一项精通，沦为技，技还在，人却丢了。有词曰华而不实，我们是实而不华，有华有实才好。在这样的时代，物质繁华，科技大发达，我们的肉身觉醒了，五官发达了，欲望勃起了，身体强壮了，而灵性却如烟飞天，一去不返。迷信一点说，书到这辈子再读已经晚了，绝大多数人投胎前都喝了迷魂汤，所以不记得前尘往事。孟婆汤喝下去，上辈子的诗书尽失，灵性尽泯，什么都不记得了，只得这辈子再一点点学，一点点积累。林黛玉和贾宝玉灵性，因为一个是绛珠草，一个是通灵宝玉，非人。

长辈，尤其是读书有文化的长辈，对有灵性的小孩是很欣慰的，觉得孺子可教、家学能传；看着傻傻的孩子他会有一种无奈，有一种惋惜，就像韩愈在《芍药歌》里说的"娇痴婢子无灵性，竟挽春衫来比并"；对于有灵气的后代，他会有一种期许和兴发，觉得自家的血脉和精气有了传承，会摸摸他的头，教他认几个字、读几句诗。就像《祭侄文稿》中，颜真卿对他怀念和惋惜的那个侄子颜季明。公元758年9月3日，他置薄酒一杯，祭奠这个英年早逝的侄子。他从小就摸着颜季明的头，如今虽还是摸着他的头，只不过是侄子被杀后割下来的头颅。颜真卿禁不住浮想联翩，念叨起这个侄子的灵性和聪慧来："惟尔挺生，夙标幼德。宗庙瑚琏，阶庭兰玉。每慰人心，方期戬谷。"颜真卿想到的是那个少年的侄子，如兰如玉，才品双全，没想到却被杀害。叛将为逼降颜杲卿，当面把颜季明的头颅割了下来。颜真卿绝望到心死的是，那么好的一个生命的未来竟然就这样烟消云散了。世人看《祭侄文稿》，常被颜真卿的气节和风骨折服，我独难忘的是他那个"宗庙瑚琏，阶庭兰玉"的侄子。我想这幅书法之所以伟大，恐怕气节和风骨对字的影响，远不如他对侄子的痛惜和留恋更浸润在每个字、每个笔画中。他怀念的，是侄子颜季明的灵性和才干。

中国人向以天地自许，每每爱说道，爱说气节和风骨，爱说大，却很少说小的、个人的、情感的东西，动不动就是宪章典诰、家国天下。而申舒性灵、念叨人之为人的小我，则一向被视为某种忌讳，常常被冠之以玩物丧志、沉溺私情的狭隘偏好。文学是到了后来，才有性灵一派，晚明是公安派袁宏道，明亡是张岱，清朝是袁枚、赵翼、张问陶，民国时是林语堂、梁实秋、徐志摩他们。他们开始寻找的，是诗文和大道背后的那个人，那个不失赤子之心的"真我"。说道说多了，不免道气太重，板着脸容易成为宋儒，不如道家好玩。道家虽然自称道，却不言道，不用道去压人，所以人人都是人。所以庄子是性灵的，竹林七贤是性灵的，他们虽然也要去找道，但是那个最后的道，其实就是性灵，就是我，端和去己甚远的道不一样。

以地域来说，其实南方人更为性灵，因为南天之下就是性灵的，有水的地方、有草木的地方就是性灵的。我的朋友花如掌灯写过一本书叫《故乡有灵》，写的是浙江舟山的乡下，那里的一草、一溪、一人都有大灵性，那一方水土养成的人，才都有一方的血脉和灵气，这种故乡之灵和地域之灵就是养育"人杰"的那个"地灵"的灵。在我的一些文章中，曾写了故乡之灵对六大变法家的影响：商鞅的铁血，王莽的君子之风，王安石的拗，张居正的慷慨，李鸿章的市井，康有为的理想主义，也可以说这些性情也都来自他们故乡的孕育。正所谓燕赵多慷慨悲歌侠士，关中多剽悍勇猛汉子，齐鲁多耿直刚烈英雄，荆楚多磊落放达人杰，江淮多权衡谋略干才，潇湘多倔强霸蛮士子。一方水土是他们建功立业的血脉背景，是永远剪不断的脐带。那样的地灵，养育了那样的人灵，同时那样的人灵，又来反哺那样的地灵，人灵和地灵氤氲联结在一起，就构成了那样的斑斓山水和人世。所谓南朝风月，所谓江南烟雨，皆都是因为那样的地灵和人灵。

二

以前的人，无论多么贫寒落拓，或者多么出身寒微，都精魂刚魄俱在，每个人都有每个人的样子，每个身份也都有每个身份的风仪。我外婆家乡有一个补铁锅的手艺人，60多岁年纪，五短身材，胡子都花白了，每年到了春秋农闲时节，总会游街串巷在十里八乡找活计。有一年暮春时节，他在我们街上补锅，我家正好有烧酒的锅破了，母亲拎出来修。母亲跟他闲话家常，听说他是镇上的人，就问他家在何处，一问一答间，才知道两家相距很近，他老伴去世多年，子女都成家了，唯他一个人过，就出来补锅做活。

因为时已过饭点，母亲便问他可曾吃过午饭。他答尚没有，晚些再吃，口袋里还有一个馒头。母亲见他可怜，便从家里端出半碗未吃完的荤菜，那老汉连说"使不得""使不得"，母亲忙安慰他不要见外，都是乡里乡亲的。盛情之下，他连忙接了，等补完锅便吃了起来。饭毕，还剩下小半碗菜，母亲劝他吃完，他也不再吃，而是拿出一个小玻璃瓶，夹起几片肥肉装了进去。看到他那凄苦的模样和贫寒的衣着，我心里不由得泛起一阵心酸。想来他一个人风里雨里谋生计，肉食估计是吃不上几顿的，所以那几片肉他也舍不得吃完，还要装起来带回去，再作为晚上的美味。饭毕开始补锅，他手艺精湛，三下五除二就修好了，几乎看不出修补过的痕迹，补完还拿来清水试一试，果然滴水不漏。母亲很满意，见他年纪大了，又做活辛劳，便多给了他几块钱。老汉无论如何不肯收，说："吃了饭还多收钱，我这脸往哪里搁？"母亲就趁其不备，把钱塞进了他的工具箱中。他也没看见，收拾完便又走街串巷去了。到了傍晚时分，夕阳渐落，薄暮初上，家里生火做饭，只听见院外有人敲门。我去开门，发现是那个补铁锅的老汉，忙喊母亲出来。老汉说："到了别家，才发现箱子里有几块钱，想着就该是你放的，做完活就赶过来了，一分钱一分活，我已经拿过工钱了，这钱你拿着，我不能收。"母亲再三劝他收下，他也不收，留他吃饭也不吃，把钱放在凳子上，就骑车上路了，只留下如血残阳，清冷薄暮。那个老汉，我后来又见过几次，再后来世事流转，我也南来北往，再没听过其音讯，母亲也没再提过，估计早已过世了，即使还活着也是风烛残年，一个人守着清冷的家生活。但我还记得他来还钱，在我的幼年之龄里，他这个无名的手艺人，让我感受到了一种骨气。

我大舅胡暹昌一生命运多舛，性格里充满了狷介和不羁，尤其是越到老年，脾气越大，人越难以接近，方圆数十里人称"胡疯子"。其实他并不疯，只是跟人谈天到尽兴之处，常常不由得手舞足蹈、目眦横裂起来。这源自他的遭际，他出身于地主之家，早年就读于河南留学欧美预备学校，就学期间因为参加抗日游行而没能完成学业，他被日军逮捕后关押，后来在逃出来时侥幸躲过日军的机枪扫射，但是也因此受到惊吓，性情大变，喜怒无常，之后因为出身和经历问题在历次运动中受到批斗，批斗归批斗，但是他从来不觉得自己有什么错，常常咆哮审判者和批判者，甚至跟他们辩论讲起道理，因此更是被视为"死硬分子"。小时候我去外婆家，都是见大舅一个人在后面的院子里，有时候看书，有时候写字，或者在学校门前摆摊卖一些文具。他看上去，并不是让人容易亲近的那种，面容清冷，不苟言笑，我当初也是远远观望，后来才亲近起来，他每次都给我几块糖、一支笔。大舅的字一如他的人，笔锋和飞白里满蘸了性情。其实，他技巧也谈不上多好，但他并不是用技术写字，而是用猖狂和风骨在写。有时候，一幅字他要写几次才能写成，写几个字就出门转一圈，或者抽几口烟，他也不言不语，掐灭了烟头，再接着写。在大舅去世7年后，我有幸又找到了他生前所写的对联和中堂，两副对联是隶书，一副是"但求无愧我心，岂能尽如人意"，一副是"谦卦六爻皆吉，恕道终身可行"；两幅中堂是草书，一幅白居易的《赋得古原草送别》，一幅刘长卿的《逢雪宿芙蓉山主人》，都是充满凄凉和悲剧意味的诗作，正般配他那恣睢纵横、桀骜不驯的锋芒笔姿。

大舅的父亲，也就是我的外公胡成法先生，民国时期曾经做过基层小吏——镇上的保长，他生于光绪二十八年（1902年），殁于20世纪70年代中期。有一年春节，我在家谱中翻到他写于50多年前的一篇文章，这篇名为《先祖克念公坟林纪实》的文章是胡氏家谱的序言，现摘录一段如下，追怀一下他那一代乡贤的风采：

> 吾祖克念公，坟地广调，周围植柏树三百余株，最可痛惜者是在清咸丰年间，遭捻军之乱，居民逃迁，所有祖先木主，俱付兵燹，及平定后，经吾祖金榜公重为祖先修木主奉祀之，至民国二十七年间，日本侵华到处砍伐树木，吾祖克念公坟地树木稍为高大，因唯恐遭日本砍伐，吾叔祖子实公及吾纵堂叔成性公、成允公共同商榷，将坟林柏树较大者伐去三分之一，解为棺材之料，售出得价，置买祀田四十余亩，修改祠堂三间，耳房一间，并准备一切木料砖瓦，意欲修改东西厢房和门楼，可惜

吾叔祖子实公有志未遂，竟然弃世。

从这段文字可以看出来，作为一个家族的族长和长者，外公对敬祖修宗有着拳拳之心，同时对兵荒马乱的岁月也有着滴血之恨。他觉得有必要讲出坟茔的遭际，传给后世子孙，那是一个年迈老人对乡土血脉绵延的敬重和心意。那个年代的人物，都还有着自己的精气神。外公的字，是宫体字打底，讲究法度谨严，一笔一画都要见道德文章，容不得灰尘和不洁，所谓秋水文章；而大舅的字，则不按套路出笔，他是叛逆和不见容于时代的，所以下笔奇谲，铁画银钩里满满都是他的性情和命运，即使写端端庄庄的隶书，他也要用笔如刀，写得力透纸背、锋芒逼人。我知道，那一撇一捺间都写进了他的蹉跎岁月和悲苦心绪。

所以你可以看出，无论是我的大舅还是祖父，以及那个时代千千万万的人，他们并不是都没有灵性，然而灵性要想成为灵魂还太难，这还不全是看你自己的造化问题，还要看你所置身于的年月和时代，时不我予，奈何？奈何？

后记　我是我的故乡

　　美国女作家丽贝卡·索尔尼曾经写过一本《浪游之歌：走路的历史》，那是一部关于"走路"的历史的书。在索尔尼的笔下，走路不再是平日里再寻常不过的移动方式，而是一种探索、一种仪式、一种沉思。在一个不用脚的年代，在一个人类被室内所切割形成的一系列空间——家、汽车、健身房、办公室、商场——与世界隔绝和遮蔽的时代，她怀念起走路的历史，建立起了脚对路的乡愁，诠释了作为一个行人在四周的景致随着步伐缓慢展开之际所能体味到的单纯喜悦，以及行走之于行者的本来意义和形而上的意义。

　　要承认的是，尽管不是受她启发，但我在本书中说的某些东西与索尔尼所讲的脚对路的乡愁倒也有一些相像之处。在书中，虽然我也写了一篇关于走路的文字，但就整体来说，我还写了饥饿、疼痛、味觉、视觉、触觉、审美、灵性等等层面的"乡愁"——希望这个词语在已经被用滥的情况下不会让你觉得我又滥用了一次。事实上，我在书中所写到的这些内容都出自我自身切实的经验和感受，或者说出自我在城市生活多年之后对之前多年农村生活经验的反刍。在个人的意义上，我想把这些经验和感受诚实地记录下来，立此存照也好，著书立说也好，它们首先都来源于我的个体感受，这是这些文字最核心的渊源所在。

当然，如果说所有人是同一个人，那么我的某种野心也即在于通过我的所谓"乡愁"去抵达所有人的所谓"乡愁"，那可以说是一种人之为人的乡愁。也可以说，那是我们对原始、简单、朴素的身体和生活本能的一种怀念。在一个快速变化和被异化的时代，我觉得这些体验并不单单只是发生在我一个人身上：很多时候你会发现自己不饿了，不再对食物、对生活、对行走、对精神、对他人等等有欲望了；你也感觉不到疼痛了，身心都开始麻木起来，对被生活碾压过的痕迹无动于衷；你也不知道什么是自然之美了，感受不到孤独和忧伤了，找不到归属了，没有灵性和直觉了。你从小所建立起来的关于自己身体的那种细腻和丰富，在物质刺激和官能感受的作用下正越来越粗糙、单调、机械、形而上了，丧失了其本来之意。

然而，这并不是说它就消失了。不，它还在，只是被我们自己麻木和遮蔽了。在这里，或许可以借用我在另一本书自序中的话来说，"在某些时刻它们又会朝你重返而来，在某个午后的眺望中，在某个行走的刹那，或者在某一片朝阳的金辉里，你与它们迎面相逢，一种久违的感觉又重新走在你身心之间。但这种相逢很短暂，你也并不能抓住它们，只好眼睁睁地看着它们又离开了，转瞬之间一种怅然若失的心绪又充满了你的周围。可以说，我们是在某些瞬间得到了它们并意识到了这种得到，然后又在得到之后遗忘或麻木了。我们背叛了我们得到的那个瞬间，同时也背叛了无数瞬间组成的过去。"我想做的，就是去梳理这种被麻木和遮蔽的历史，如果有可能的话，也期待着用某种方式去唤醒我们被麻木和遮蔽的身体感受。

在从农业社会到工商业社会再到后工商业社会的过渡过程中，一个越来越明显的事实是，我们的很多感受力的确正在逐渐微弱或式微。就像炊烟离开大地村庄一样，它们离开我们的身体，越飘越高，越飘越远，直至消失于茫茫天空深处。是的，在快速变化乃至异化的日常生活里，我们正在不知不觉地"去身体化"。对农耕和土地，对山川与河流，对花鸟和虫鱼，对蔬菜和粮食，对那些曾经带给我们细微感受却又正在离我们而去的事物，我们的确渐渐淡忘以至于陌生了。这还不单单是城市人群，即使农民，即使置身其中的人们又何尝不是如此？农民已经成了一种职业，而不是一种身份，人类长期建立起来的劳作和身体的关系已不复存在。在现代生活中，我们被现代所带来的物质和技术便利所淹没、吞噬、绑架了，事实上所有被裹挟其中的人都在劫难逃。犹如有一张大网被无形之手从水底拉起，没有谁能成为漏网之鱼。

看着都市中一张张形容枯槁、满目风尘的脸，我想起的是小时候见到的那些脸。那是 20 世纪 80 年代初，中原大地上的一个小村子。村里有几百户人家，所有人家都靠种地谋生，所谓"面朝黄土背朝天"确是一种普遍的存在。虽然有着背负谋生压力和劳作的艰辛，但是我见过的那些人，他们快乐，他们风神俱在，他们在忍受着劳累和汗水的同时也在发掘着眼、耳、鼻、舌、身、意的潜力空间（尽管并不自知自觉），他们的梦乡踏实而甜蜜，他们的生活深入而深刻。但到了后来，时间上对应在 20 世纪 90

年代和21世纪的第一个10年，他们主动或被动地离开了土地，出去打工的打工，不出去打工的也开始了机械化劳作，不再用脚步丈量大地，不再用泪水表达忧伤，不再用劳累换取美梦。他们的脸不再如过去那么清晰，他们刀刻斧削般的面容与身材不再分明——每个人都不再具体生动、不再像曾经的自己。人群于是也成了模糊的一片。事实上，消失的并不仅仅是身体及身体所衍生出来的"可见的内容"，如果仔细观察，你还会发现附着在人身周围的那种"不可见的内容"也在消失之中，譬如我们之前基于土地所建立的人与人之间的关系也都越来越淡了。

所以，从这个角度来说，其实我们每个人都没有了故乡——无论是地理意义上的还是时间意义上的，我们只有身体——身体曾经的感受及其记忆——这个唯一的故乡，我们走到哪里，也就把故乡带到哪里。

对于已经渐行渐远的那种让我刻骨铭心的发自身体丰富感受的生活，以及属于那种生活所属的那个年代，现在的我并没有太多追索的想法，事实上我也很难将它们搬迁到我们的现在和未来。在很大程度上，我已经接受了"身体"的这种现状，并安心于它们可能更加麻木的未来状态，这也等于是说我放弃了它的过去。通过这些文字的重新集结，我想再为我的这种感受做一次了结，也即把它们从时间和记忆的序列中完全剔除，移植在这里。这或许是因为我相信这样一点：不属于时间的东西就不会消失，不但不会消失，而且随着时间的流逝，它们还会在与我们走向的反方向的那头愈发明亮！

出 品 人：许　永

责任编辑：许宗华

特邀编辑：林园林

装帧设计：海　云

印制总监：蒋　波

发行总监：田峰峥

投稿信箱：cmsdbj@163.com

发　　行：北京创美汇品图书有限公司

发行热线：010-59799930

创美工厂
微信公众平台

创美工厂
官方微博